Christian Bobin

Isabelle Bruges

Gallimard

Christian Bobin est né en 1951 au Creusot.

Il est l'auteur d'une vingtaine d'ouvrages dont les titres s'éclairent les uns les autres comme les fragments d'un seul puzzle. Entre autres : *Une petite robe de fête, Souveraineté du vide, Éloge du rien, Le Très-Bas, La part manquante, L'inespérée, La folle allure.*

I

Une sorcière avec un lion

La pluie arrive vers les sept heures du soir. D'abord hésitante, quelques gouttes sur le pare-brise, quelques trouées de clarté dans la saleté des vitres — pas de quoi mettre en route les essuie-glaces. Anne et Isabelle somnolent sur la banquette arrière. Adrien est, comme toujours sur les photos, assis entre les deux sœurs. Un feu follet va et vient dans ses yeux, une lueur d'amusement. Le sommeil des grandes filles le rassure. Il ne peut rien arriver de mauvais quand ceux qui nous aiment ont cédé au sommeil. S'ils dorment c'est après s'être assurés que rien d'effroyable ne pouvait nous atteindre, et, d'ailleurs, leur repos n'est pas une absence — plutôt comme une flamme qui diminue d'intensité, sans jamais s'étouffer. Adrien regarde droit devant lui, entre le père et la mère. L'autoroute est déserte. La vitesse de la voiture égalise le paysage. Ce sont les mêmes champs depuis maintenant deux heures. Les mêmes collines au loin. Le paysage est immobile. La vitesse annule les circonstances, les lieux. La vitesse va droit à l'essentiel. De la terre au ciel qui glisse sur la terre. Du bleu marine de l'autoroute au ciel bleu fauve. Un insecte s'écrase sur le pare-brise. Un ange qui perd ses ailes. Un ange sans joie, une tache de sang brun. Adrien le regarde. Il compte les secondes, jusqu'à l'arrivée d'une goutte d'eau sur le petit cadavre. Si je parviens à dix, je me marie avec Isabelle. Si je vais jusqu'à quinze, je me marie avec Anne. Si c'est vingt, je deviens trapéziste, et plus de vingt, vétérinaire. Le ciel s'ouvre au bout de six secondes. Une eau méchante, rageuse, déchire le tissu du paysage, efface l'horizon, cogne sur la tôle de la voiture. Le bruit réveille les deux filles. Dans la forêt de l'eau, la lueur orangée d'une station d'essence. La voiture s'arrête lentement. On court se réfugier dans la boutique illuminée. Les trois enfants devant, le garçon emmené par les filles qui rient aux éclats.

Après la peur, la faim. Après la soudaineté du déluge, après cette violence des couleurs et de l'air, on a envie de manger quelque chose. Il y a, au fond de la station, une salle de restaurant. Les parents s'installent à une table, les enfants à une autre. Pizzas pour tout le monde. Adrien avale la nourriture à grands bruits, courbé sur son assiette. Quand il relève la tête, c'est pour montrer un visage barbouillé de rouge. Un clown de cinq ans, maquillé de tomates et de néon. Anne picore. Elle ne finira pas son plat, c'est sûr. Elle ne finit jamais rien, Anne. Elle va sur deux chemins en même temps, ce qui fait qu'elle n'en épuise aucun. Anne, ma sœur Anne, ne vois-tu rien venir. C'est la faute au rêve, si elle n'est jamais tout à fait là. Une fée, ni bonne ni mauvaise, s'est penchée sur son berceau. Elle lui a jeté un sort d'absence : tu rêveras toujours, Anne. Tu chercheras toujours plus loin que ce qui est. Des deux filles, c'est elle qu'on regarde le plus volontiers. L'éclat du rêve apaise, puis finit par inquiéter. On ne sait pas où va ce rêve. On ne le sait pas plus que celle qu'il saisit. On ignore sur quelles eaux profondes glisse la coque du pur visage. On redoute une tristesse, un secret. Un problème bien trop difficile à résoudre par un enfant — et bien plus dur encore pour un adulte.

Avec une serviette de papier, Isabelle essuie le visage d'Adrien. Elle lui donne un peu de son jus d'orange. Elle regarde sa sœur triturer un morceau de pain, les yeux vides. Anne est somnambule. Isabelle l'a surprise une nuit, pieds nus dans la cour de l'immeuble, cueillant des orties. Elle l'a ramenée dans leur chambre, doucement, sans mot dire. Elle se souvient des paroles du voisin : les somnambules, il ne faut pas les réveiller, ça les ferait mourir. Pour Isabelle, les rêveurs sont comme les somnambules. Ils marchent dans la pénombre. Leur âme est en papier : exposée au soleil, elle brûlerait aussitôt. Elle veille donc sur Anne, en même temps que sur Adrien. Elle fait son métier d'Isabelle, son métier d'aînée. Elle a treize ans, quatre de plus que sa sœur Anne. Ce n'est pas facile d'être la première née d'une famille. C'est si peu facile qu'il vous faut commencer par prendre soin des parents, par les orienter, discrètement, dans leur apprentissage laborieux de parents. Puis vient la petite sœur. Elle entre dans votre vie comme chez elle. On vous demande de lui faire une place — la meilleure. Avec vous, c'était pour les parents l'émerveillement et la crainte de mal faire. Avec la petite Anne, ne reste plus que l'émerveillement. Vous gardez sur vous la crainte de mal faire. La maladie de la mère précipite les choses. Vous emmenez votre sœur à l'école, vous la protégez des garçons, du bruit et des punitions. À la naissance d'Adrien, vous êtes toute prête à servir un prince. Les jours de larmes, on vous appelle Isa. Les jours de rire, c'est Belle. Et parfois, cette parure magnifique dans la voix du père, cette robe d'un nom qui vous va à ravir : ma blanche, ma grave colombe. La mère, elle, ne vous appelle pas. Ni Belle, ni Isa, ni Isabelle. Ni personne. La mère s'est depuis si longtemps retirée dans le silence, dans un coin de sa tête malheureuse, cognée par le marteau des migraines.

On attend les desserts. Le père se penche vers sa femme, lui parle doucement. Ils sortent ensemble de la station-service, se dirigent vers la voiture. Adrien profite de leur absence pour réclamer une part de tarte au citron, en plus de la glace. Tu sais où on va, Adrien, demande Anne. Non, eh bien moi je sais. On va à Bruges, c'est papa qui me l'a dit. Et tu sais comment c'est, Bruges, Adrien. Non, eh bien papa m'a montré des images. Bruges, c'est une ville avec plein d'eau et des couvents. C'est quoi, un couvent, demande Adrien. Les couvents c'est froid et silencieux. C'est comme de l'eau, alors ? Non, Adrien, ça n'a rien à voir. Dans les couvents c'est pour prier, regarde. Et Anne joint les deux mains, lève les yeux au plafond où pendent des guirlandes publicitaires. C'est ce que je disais, répond Adrien, quand tu fais ça, tu ressembles à un poisson, moi je ne veux pas aller à Bruges, on va tous se noyer. Isabelle les écoute en souriant. Elle se lève, emprunte la veste de sa mère. Ce n'est pas qu'il fasse froid, mais toute cette pluie vous fait un cœur frileux, vous donne envie de voler à la mère la chaleur qu'elle ne sait plus offrir, qu'elle retient dans le velours de ses châles, dans la laine de ses pulls, dans la fourrure de ses manteaux.

Isabelle regarde la vieille dame qui vient de passer la porte d'entrée. Toute ridée dans sa robe mauve. Elle s'avance d'un pas de jeune fille, s'installe à la table voisine des enfants, commande deux crèmes chantilly. Elle dévore la première puis entame la seconde, très lentement, savourant, les yeux clos, chaque cuillerée.

Cela fait bien une demi-heure que les parents sont sortis. Sur leur table, sous un gobelet de plastique, une enveloppe. Isabelle la prend entre ses mains. Et ses mains tremblent. Et ses mains savent, avant d'ouvrir.

« Qui que vous soyez. Ma femme est atteinte d'un mal au cerveau. J'ai consulté les meilleurs spécialistes. Le même diagnostic, partout : elle ira vers une mort difficile, interminable. La souffrance sera de plus en plus vive, ouvrant la porte à la folie. Cela prendra du temps, beaucoup de temps. Dix ans peut-être. Je ne veux pas d'une telle chose. Il me manque la patience ou la force. Il me manque peut-être l'amour. J'ai choisi d'aller, avec elle, sur un chemin plus rapide. Qu'on ne nous cherche pas. Qu'on prenne soin des enfants. On trouvera dans cette lettre tous les papiers nécessaires, les adresses dans la famille, l'argent qui me reste. »

Comme elle sourit doucement, Isabelle. Comme elle va d'un pas léger vers la porte,

Isabelle. Comme elle se retient de crier, de maudire, de mourir, Isabelle, treize ans.

Une pauvre fée qui court le long de l'autoroute, sa robe trempée, son cœur boueux, frôlée par les voitures, tombant, se relevant, tombant à nouveau.

Une adulte de treize ans qui hurle après ses parents pour leur dire que tout est pardonné, qu'ils peuvent revenir, qu'on ne les grondera pas.

Une fille démente par trop de sagesse d'un seul coup. Calme, maintenant. Elle marche. Elle revient vers la station-service. Elle s'arrête avant l'entrée. Déchire la lettre en petits morceaux, avec tous les papiers dedans. Regarde le vent froid disperser toute cette neige. Puis elle entre. Deux, trois choses à faire. Elle va vers Anne et Adrien. Les parents sont partis, ils reviendront nous chercher mais pas tout de suite. Je vous dirai tout à l'heure. Elle se tourne vers la vieille femme. Madame, il vient de se passer quelque chose. Je ne peux rien vous dire de plus pour l'instant : quelque chose s'est passé. Ma sœur, mon frère et moi, nous avons besoin de dormir. Vous voulez bien nous héberger ? Ce ne serait que pour cette nuit.

Et c'est le premier miracle. La dame ne pose aucune question, se lève, demande aux enfants de la suivre. Ce n'est pas vraiment un miracle : c'est le visage d'Isabelle quand elle dit ces mots-là. Une souveraineté. Une force sans mesure. Une lumière qui ne la quittera plus, comme passée par le feu.

La route est longue. La pluie tambourine sur les vitres, sous les tempes. Adrien s'endort le premier, bientôt suivi par Anne. Isabelle est assise à l'avant. La fatigue entre en elle, n'y découvre que des cendres, ressort.

Un peu plus tard. Elle appuie son visage sur l'épaule de la conductrice. Le sommeil pèse sur ses paupières. Un déluge de sommeil. Elle regarde la route, les feuilles vertes dans la lumière des phares. Elle tient bon.

Encore un peu plus tard, les yeux fermés, sans plus de résistance à rien : Bruges. Je m'appelle Isabelle Bruges.

Isabelle est en miettes dans son sommeil. Elle est éparpillée en dizaines d'Isabelle qui marchent dans le noir, le long des rues de Bruges, ce qui fait qu'au réveil elle n'ouvre pas tout de suite les yeux : elle essaie d'abord de réunir ces filles qui lui ressemblent. Voyons. Il y a celle qui emmène Anne au cinéma, et celle qui assiste à la baignade d'Adrien. Celle qui chante au fond du bus, le premier jour d'école. Elle n'ira plus au bois, les lauriers sont coupés. Il y a celle à qui la boulangère donne une caresse enfarinée sur la joue, et parfois un croissant. Il y a encore celle qui tremble de frayeur devant son premier dessin animé — un ours qui avale son meilleur ami, un papillon égaré sur la tartine de miel. Et celle qui gagne un lapin nain à la fête, qu'elle emporte, triomphante, à la mère alitée depuis trois jours. Celle-là, c'est l'Isabelle préférée d'Isabelle, celle qui fait venir un sourire aux lèvres de la mère, un vrai sourire, un sourire

19

sans douleur par dessous, une joie simple devant le lapin affolé sous les draps, la lumière éternelle sur le visage d'une mère enfin comme toutes les autres. Et d'autres Isabelle, de tous âges, de toutes robes. Il en manque une pour bien ouvrir les yeux. Le bruit de la pluie au dehors la ramène : il manquait celle qui court sur l'autoroute, les yeux humides et l'âme sèche, désespérément sèche.

Elle se lève, fait quelques pas sur la laine d'un tapis, regarde : la chambre est ronde. Elle tourne sur elle-même, esquisse un pas de danse. Tout est vert. Murs, plafond et porte. Elle écarte les rideaux couleur d'épinards. Elle ne voit rien qu'une allée, droite et brillante sous la pluie, comme semée de pierres précieuses. Une masse blanche tout au fond. Le ciel, peut-être. Sur la droite, au pied de la maison, une table en marbre et deux chaises en fer forgé, renversées sur l'herbe. Sur la gauche, un parapluie rouge qui tressaute, zigzague entre les flaques. Elle reconnaît Adrien. Elle le reconnaît sans le voir, à la joie des mouvements, au caprice de l'allure du parapluie, tantôt très lent, tantôt précipité — vers rien. Elle revient vers le lit, enfile ses vêtements. Ils sont encore humides. Arrive la voix intérieure, celle qui n'existait pas encore hier, celle qui commente, la voix de Bruges dans Isabelle, la voix de couvent vide et froid : tu as dormi sous les pierres. Maintenant tu t'habilles avec des larmes.

Un déjeuner l'attend en bas. La vieille dame réchauffe du lait, étale une gelée de mûres sur des tranches de pain blanc, épaisses. Votre sœur m'a dit que vos parents viendraient vous rechercher bientôt. Peut-être pourriez-vous me donner un numéro de téléphone. Je les préviendrais de votre présence ici. Je vous garderai tout le temps nécessaire, bien sûr. Isabelle serre les mains autour du bol brûlant. Silence. Elle raconte la maladie de la mère, la panique du père, la décision, puis la lettre sous le gobelet de plastique. Elle ne dit rien des papiers et de l'argent dans la lettre. Quel âge avez-vous. Treize ans. Treize ans et demi. Bien. Écoutez, je vous propose de rester ici, tous les trois. Nous sommes fin août. Il faut penser à la rentrée des classes. Il y a une école élémentaire dans le village. J'y inscrirai Anne et Adrien, au moins pour le premier trimestre. Je vous trouverai un précepteur. Ensemble nous attendrons : vos parents ne vous ont peut-être pas vraiment abandonnés. Peut-être reviendront-ils sur leur décision. Vous êtes trop jeune pour bien comprendre cela : les adultes ne font jamais rien pour toujours. Je pars en ville. Je vous achèterai des vêtements et je laisserai un mot à la station-service — au cas où vos parents y passeraient.

Isabelle acquiesce à tout ce qu'on lui dit, en

silence. Sauf à une chose. C'est la voix du dedans, la voix pluvieuse qui corrige à sa place : personne ne t'a abandonnée. C'est toi qui as perdu tes enfants. Le premier, un garçon maladroit et joyeux, c'était ton père. Le second, une fille taciturne et fragile, c'était ta mère. On ne peut vraiment rien te confier.

Pendant l'absence de la vieille dame, les enfants s'aventurent dans la maison. Elle est grande, on pourrait s'y perdre. Elle est pleine de recoins, profonde comme un sommeil. Adrien guide les deux filles dans un couloir qui se resserre avant de donner sur une pièce baignée de feu. Rouge, rouge, rouge. C'est là que j'ai dormi. Un lit recouvert de dentelles rouges. Une armoire peinte en rouge. Une porte-fenêtre encadrée de rideaux pourpres. Ils reviennent en arrière, ouvrent toutes les portes. Anne retrouve sa chambre jaune, avec le bouquet de mimosas sur la table de chevet. D'autres chambres, six en tout, chacune trempée dans un pot de peinture différent. À l'étage d'Isabelle, à côté de la chambre verte, ils découvrent une salle blanche. Trois fauteuils à oreillettes dans un angle, près d'un lampadaire. Un jeu d'échecs et un paquet de cigarettes anglaises sur une table basse. Et des livres. Des murs de livres. C'est Adrien qui remarque le premier le gros tapis, roulé derrière un des fauteuils. Il prend son élan, saute dessus en riant. Le tapis se déplie délicatement, sans faire tomber l'enfant, et se dirige vers les filles. C'est un chien, s'écrie Adrien, saisi par un hoquet de bonheur et d'effroi, c'est un chien, j'ai toujours voulu un chien à moi, je l'appellerai Nello. Laisse-moi descendre, Nello. Et Nello qui ne s'appelle pas Nello s'arrête, docile. Confiant. Le saint-bernard s'allonge sur le parquet, grogne de bonheur sous la caresse.

Les trois enfants et le chien redescendent dans la cuisine. La pluie tournoie dans l'air au-dehors, cingle les vitres, claque la fenêtre au-dessus de l'évier. Isabelle va la refermer, éclaire la pièce. Le ciel est noir, il s'est vidé de sa lumière en une seconde. Elle regarde Adrien allongé sur le sol, sa tête contre le museau du chien, et Anne découpant une pomme avec minutie, appliquée à ne faire qu'une seule pelure. Allons. Tout n'est pas si sombre. Les parents nous ont laissés, mais ils ont pris soin de faire venir une sorcière pour nous garder. Une bonne sorcière, avec un lion.

La vieille dame revient avec des vêtements trop larges pour Adrien, trop étroits pour Isabelle, parfaits pour Anne. Tant pis. J'irai demain en chercher d'autres. Je suppose que vous avez fait connaissance avec la maison. Elle a une histoire, que je vous dirai ce soir. Les maisons sont comme les gens, elles ont leur âge, leurs fatigues, leurs folies. Ou plutôt non : ce sont les gens qui sont comme des maisons, avec leur cave, leur grenier, leurs murs et, parfois, de si claires fenêtres donnant sur de si beaux jardins. Moi, les enfants, je suis en pierres du pays. Dure, usée, mais solide : d'ailleurs je vous invite à faire une promenade, maintenant, sous la pluie. Et les voilà, trois imperméables bleus suivant un imperméable gris, qui descendent la colline au sommet de laquelle fleurit la maison, qui se dirigent sur un chemin de terre luisante, grasse, jusqu'au village en dessous, qui entrent dans le café-épicerie, essuyant leurs pieds sur un tapis chauve, s'installant autour d'une table ovale bien trop grande pour eux quatre. Une tête rouge plantée sur un corps rond — comme un bouchon sur le goulot d'une bouteille — les regarde derrière le comptoir. Marcel, je te présente mes petits-enfants, les enfants de Jacques. Chocolat, pour tout le monde.

Adrien s'est assoupi sur les genoux de la vieille dame. Nello qui désormais s'appelle Nello tourne autour du fauteuil à oreillettes, traçant un cercle infranchissable autour du sommeil de l'enfant. Isabelle, une couverture écossaise sur les jambes, et Anne, engloutie dans un pull à losanges bleus et blancs, écoutent le récit de la vieille dame. Sa voix est apaisante — une de ces voix qui vous mènent tout au bord de vous-même, une voix chaude comme ces couvertures que la mère tire le soir, jusqu'au menton de l'enfant, avant de quitter la chambre sur la pointe des pieds. Une voix lumière, une voix d'aurore dans les bois sombres.

Je m'appelle Églantine, mais mon vrai nom c'est Aubépine. Ma mère a trouvé mon nom par une nuit comme celle-ci, pluvieuse et froide. Elle était mariée depuis deux ans. Mon père l'avait découverte en Bretagne, pendant des vacances. Il l'avait courtisée durant son séjour — deux semaines entières, deux semaines à tourner le dos à l'océan, à faire les cent pas devant la blanchisserie où elle travaillait. Chaque jour mon père emmenait du linge à laver. Comme il n'avait en tout et pour tout que deux chemises et deux pantalons, il prenait soin de salir son linge le matin, afin de revenir à la boutique tous les après-midi. Quinze jours plus tard, ses vêtements étaient élimés, lavés jusqu'à la transparence, et le cœur de ma mère avait fondu, comme du savon dans l'eau, devant tant d'obstination. Mon père revenait donc à Paris où il tenait une horlogerie, emportant ma mère dans ses bagages, comme un coquillage découvert sur la grève. Les deux premières années, c'était l'enchantement. Le sourire de ma mère, derrière le comptoir, illuminait le jour. Mon père courait d'un bout à l'autre du magasin, réglant chaque réveil à la même heure — celle où il était passé pour la première fois devant la blanchisserie. Les clients venaient en nombre : la gaieté plaît au monde. Les affaires se développaient vite. Il fallut agrandir la boutique. On engagea une vendeuse. Hélas. Celle-ci était bien trop naïve pour le commerce, et bien trop savante pour le reste. La tête de mon père s'est mise à tourner, tellement que les montres s'arrêtaient et que les réveils sonnaient à toutes les heures — sauf à la bonne.

Ma mère souriait de plus en plus derrière le comptoir. Elle partait un dimanche sans prévenir, prenait le train pour la Bretagne. Elle emmenait avec elle son sourire et toute la joie du monde. Mon père tourna dans le magasin une nuit entière. Au matin, il donnait son congé à la vendeuse et filait en Bretagne, avec des vêtements propres et un cœur gris. Il lui fallut deux mois pour reconquérir ma mère. Le dernier jour, alors qu'il s'apprêtait à repartir, elle consentit à faire une promenade avec lui, dans la campagne. Il parlait, parlait, parlait. Et pendant qu'il parlait, parlait, parlait, ma mère chantait, chantait, chantait, ce qui menait mon père au désespoir, c'est-à-dire au silence. À quoi bon poursuivre, puisqu'elle n'écoutait pas, puisqu'elle se moquait. Il se résignait à une séparation quand elle s'est précipitée en chantant dans ses bras, si brusquement qu'ils ont roulé, emmêlés l'un à l'autre, contre une haie d'aubépine. Un an après, j'étais là. Ma mère, qui n'a jamais su distinguer une fleur d'une autre, décidait de m'appeler Églantine, en souvenir de ce jour.

Elle se lève, prend Adrien dans ses bras et propose aux deux filles de l'attendre. Elle descend l'enfant jusqu'à la chambre rouge, suivie par Nello. Le garçon ne sort pas du sommeil, à peine un soupir quand elle le déshabille, à peine un murmure quand elle le glisse entre les draps de soie rouge. Le chien s'effondre au pied du lit, fidèle valet, royal esclave. Elle revient par la cuisine, prépare une tisane de menthe. Anne est à genoux devant la table basse. Elle joue aux échecs contre elle-même en suçant son pouce. Isabelle, le front appuyé contre la vitre, écoute le bavardage de la pluie sur le gravier de l'allée. La voix de la vieille dame les ramène à elles-mêmes. Elles regagnent leur fauteuil, boivent lentement l'infusion d'herbes et de mots.

Le soir ma mère faisait des travaux de couture. Je récitais mes leçons en suivant des yeux la danse de ses doigts, les éclairs de l'aiguille dans l'étoffe. Elle avait une passion des corsages. Elle s'inventait des robes qui allaient à ravir dans les yeux de mon père. Elle me confectionnait aussi des blouses, en se servant pour modèle de mes dessins d'enfant. Mon père lisait le journal tout près du poêle. Mais le temps dont je vous parle est si lointain. Comment vous le faire voir. Les lampes qui éclairaient le visage de ma mère se sont éteintes. Le journal de mon père s'est enflammé, en août 14. Les premières semaines de guerre ont été joyeuses. Les quais de gare avaient des allures de cour d'école. D'un côté les garçons, et leur gaieté bruyante, un peu forcée. De l'autre les filles, et cette connaissance en elles, terrible, muette. Mon père est revenu deux fois en permission. La deuxième fois j'ai hurlé, je l'ai repoussé, je ne voulais pas de cette barbe, de ces cheveux gris et de ce regard sur moi. Un étranger, voilà ce qu'il était devenu. La boue, les rats, les gaz : la guerre avait fouillé loin dans son cœur pour en arracher tous les filaments de douceur, de calme et de joie. Il avait ce grand vide en lui, qu'il remplissait de vin. Il ne revint pas une troisième fois, et quand j'appris sa mort, je fus soulagée. La boutique avait décliné. Dans la guerre, on n'a plus besoin de montres. La faim renseigne très bien sur l'heure. La peur fait sonner chaque seconde, mieux que des aiguilles. Le magasin a dû fermer. Ma mère a trouvé un emploi dans une fabrique de pneus. Je n'avais jusque-là jamais vu de pauvres. J'avais votre âge, Anne. Je croyais qu'on était pauvre quand on avait besoin d'argent. Je me trompais. On est pauvre quand l'argent n'a plus besoin de vous — ni personne. Ma mère allait d'un travail à l'autre. Vers la fin elle faisait des ménages, je vendais des fruits dans une épicerie, je ramenais plus de sous qu'elle à la maison. C'était après la guerre, mais la guerre ne finit pas pour les pauvres, elle se fait plus silencieuse, c'est tout. J'avais votre âge, Isabelle, quand ma mère est morte. Je m'en souviens très bien. Un beau jour de printemps.

Anne replie ses jambes, les yeux dans le vague. Le bruit de la pluie, tamisé par l'épaisseur des

29

vitres et des rideaux, est monotone. Les mots de la vieille dame le ponctuent sans l'interrompre — comme des hirondelles sur un fil grêle. Anne s'empare de quelques mots, les emmène avec elle dans un songe. Blanchisserie, réveil, lampe. Aubépine, journal, aiguille. Isabelle ne choisit aucun mot. Elle les prend tous, un par un. Elle écoute avec avidité, fascinée par celle qui parle de choses si noires d'une voix si claire, surprise par celle qui lui fait face, son double dans un miroir vieilli, une orpheline de soixante-dix-neuf ans.

J'ai continué de travailler à l'épicerie, pendant cinq ans. Je logeais dans la remise. Je dormais entre des murs de farine, de café et de savon. Les patrons étaient gentils pour moi. Ils me proposaient une chambre chez eux, mais je n'en voulais pas. Ils étaient vieux — du moins pour mes yeux de treize ans. Ils n'avaient pas d'enfant. Lui n'apparaissait jamais dans le magasin. Il s'occupait des factures, des commandes. Entre deux écritures, il lisait la Bible. Il y a tout, là-dedans, petite, me disait-il. Tout le malheur du monde, tout le bonheur à venir. Je disais oui. Je pensais non. Je ne voyais pas ce qu'un livre pouvait avoir affaire avec les larmes, et encore moins avec les rires. Il se servait des factures pour marquer des pages de sa Bible. Il la lisait en comptable : d'un côté la colonne du Bien, de l'autre celle du Mal. Il calculait son déficit. La mort est venue le saisir chez lui, comme un huissier, au beau milieu d'une sieste. Sa femme m'a demandé de rester. J'ai refusé. Je ne savais pourquoi je refusais, mais je savais bien que j'avais raison. Et puis... et puis, Isabelle, il serait raisonnable d'aller dormir : votre sœur n'en peut plus de fatigue. Il est tard. Nous sortirons de l'épicerie un autre soir. Nous avons tout le temps.

La première dedans sa chambre verte. La seconde dedans sa chambre jaune. Le troisième dedans sa chambre rouge. Tous les trois dans la barque du sommeil, tandis que la pluie tombe, recouvrant peu à peu la surface de la terre.

Cinq jours ont passé. Cinq jours de cueil-
lettes, de lectures et jeux de l'oie. Cinq jours
éponges, cinq siècles humides. L'eau efface le
ciel. Elle glisse sur les feuillages. Elle rentre
dans les pensées.

Adrien s'aventure dans le jardin, tête nue,
appelant le saint-bernard qui fait le sourd.
Nello n'aime pas la pluie. Elle épaissit votre
poil, elle salit vos pattes, elle fait que, lorsque
vous rentrez, on vous met en quarantaine dans
la cuisine, avec interdiction d'errer dans les
autres pièces. Mais comment résister à la voix
d'un soleil de cinq ans. Nello rejoint Adrien
d'un pas lourd, s'arrêtant pour regarder la maison bien chaude, reprenant sa marche dans un
profond soupir. Tous deux s'éloignent vers le
fond du parc.

Anne a découvert, dans le placard de sa chambre, une série de belles robes. Elle les essaie, marche en tenant les ourlets dans sa main, se regarde dans un miroir, rêvant d'une robe de pluie, avec des chaussures d'herbe.

Isabelle écrit. Ses cheveux bruns cachent son visage. Elle s'applique, hésite sur la rondeur d'une lettre, sur le tranchant d'une virgule. Elle écrit sous la dictée, le front plissé, la main douloureuse à force de se crisper sur le crayon. Au loin, la voix de Bruges. Derrière la pluie, la voix gelée. Elle a du mal à bien l'entendre. Elle voudrait n'en rien perdre — pas un seul souffle. On ne la dérange pas dans son travail. Il est normal qu'une enfant de treize ans fasse quelques pages d'écriture. C'est une image tranquille, convenue. Rassurante. Adrien est le seul à deviner, mais il ne sait pas ce qu'il devine. De retour à la maison, les bras chargés de pommes roussies, il demande : à qui tu écris, Belle ? Elle ne dit rien, referme son cahier, jongle avec deux pommes. Allez donc répondre à de telles questions. Allez donc répondre que vous écrivez aux morts. D'ailleurs, on le sait bien : à qui d'autre écrire ?

Et la sixième journée s'éteint, comme toutes les autres. La nuit arrive, et, avec elle, l'or des lampes, la nudité des visages sous la lumière trop jaune.

Adrien est dans son lit. Il parle à Nello. Il confie au chien des secrets sur les chats et les cambrioleurs. Ce sont des secrets, Nello. Tu dois me jurer de ne pas les répéter. À personne. Anne et Isabelle sont dans leur fauteuil. Elles écoutent le récit d'Églantine, les aventures d'une petite sorcière dans le siècle.

Quand je suis sortie de l'épicerie, j'ignorais où aller. Enfin, c'est ce que je croyais. Mes jambes, elles, savaient très bien où je voulais en venir. Elles m'ont menée à l'autre bout de la ville. Des quartiers Sud aux quartiers Nord. Je marchais sans fatigue, sans regarder les magasins, les couleurs, les visages. Tout était neuf, mais d'une nouveauté sans éclat à mes yeux. Mes jambes et mes yeux sont tombés d'accord pour arrêter leur agitation à la hauteur d'un immeuble de briques rouges, sans charme, semblable à des dizaines d'autres dans cette banlieue ouvrière. Je lisais et relisais la plaque sur une porte : Madame Parker et son fils Ivan, cours de danse. Le ciel sombre dessus le toit, la musique derrière les volets, les nœuds dans le bois de la porte : je reconnaissais tout. J'étais passée dans cette rue, une fois. J'avais quatre ans. Peut-être moins. Mon père me portait sur ses épaules. J'étais seule avec lui. Il avait lu à haute voix l'inscription sur la plaque, il avait ri, m'avait lancée dans le ciel en disant bien fort : voilà qui tu seras, ma douce. Danseuse étoile, danseuse éclair. Je te paierai des cours de danse. Quand je serai vieux, je lirai ton nom dans les journaux. J'irai te voir sur les plus grandes scènes. Deux, trois fois, il me lançait jusqu'à la hauteur du premier étage — j'étais si légère, alors. Riant, suffoquant de rire. Puis la promenade s'était prolongée dans d'autres mots, d'autres quartiers. Il n'en n'avait plus jamais reparlé. Et moi, quinze ou seize ans après, je revenais entendre son rire. Les parents, Isabelle, ne savent jamais ce qu'ils disent à leurs enfants. Jamais. Ils devraient se méfier de leurs rires, plus encore que de leurs colères. Quand la porte s'est ouverte et que la grosse dame en robe de chambre, une cigarette allumée à la main, m'a demandé ce que je voulais, j'ai répondu sans hésiter : danser pour mon père. Et je suis entrée aussitôt, allant jusqu'au bout du couloir, d'un pas tremblant comme, je suppose, on entre au monastère. En cinq ans d'épicerie, j'avais économisé beaucoup d'argent. Assez pour vivre un an de musique et d'entrechats. Ensuite on m'engageait comme secrétaire dans l'école : je tenais la caisse, je surveillais monsieur Ivan. Sa mère voulait que je lui rende compte, chaque soir, des tentatives de son fils pour séduire les jeunes élèves. Vous comprenez, Églantine, me disait-elle, je ne peux avoir l'œil partout. Mon fils est jeune — il avait alors bien quarante ans — et la moindre dentelle rougit ses joues, le premier jupon venu l'éblouit. Je ne voudrais pas qu'il parte avec une aventurière, ou dieu sait qui. J'ai de bien plus grandes ambitions pour lui. L'école de danse vivotait. Dès qu'une élève faisait preuve d'un peu d'assurance, madame Parker s'arrangeait pour lui conseiller un autre cours. Au fond, elle n'avait créé cette école que pour retenir son fils : la danse lui amenait de jolies filles à domicile, la mère les éloignait quand le danger était trop grand. Monsieur Ivan ne m'a jamais fait la cour. Peut-être devinait-il cet accord entre sa mère et moi, peut-être ne me trouvait-il pas à son goût. J'étais pourtant jolie, fraîche de mes vingt ans, et je dansais comme personne. Les années ont passé. Un jour, le 23 mai 1929, à dix heures du matin, je reçus un coup de téléphone. Un appel d'un théâtre. On cherchait une danseuse pour faire une apparition dans la pièce d'un auteur norvégien. Son rôle ne durait que quatre minutes. Il suffisait qu'elle puisse faire quelques pas sans tomber. C'était un des moyens inventés par madame Parker pour se débarrasser des jeunes femmes trop entichées de son fils : les proposer comme figurantes dans des théâtres de seconde zone. Je ne sais pourquoi, j'ai répondu en mon nom. J'avais l'après-midi pour répéter, la représentation commençait le soir même. J'étais contente. Je changeais de vie. Je n'ai prévenu personne de mon départ. Je suis restée quinze ans dans ce théâtre, puis dans une troupe ambulante. Je me suis mariée, j'ai eu un enfant. Je me sentais bête, j'étais heureuse.

Je me sentais bête, j'étais heureuse : Isabelle est la seule à prêter attention au mensonge éphémère de la voix, à cette discrète précipitation du souffle, comme s'il fallait passer vite, lancer n'importe quel mot pour en recouvrir un, tout proche. Mais la voix enterrée sous la voix revient quand même. Mais le mot détruit se fait entendre. Je me sentais bête, j'étais heureuse. Je me sentais morte, j'étais heureuse. Je me sentais morte, j'étais morte.

Églantine fouille, devant les filles émerveillées, la malle aux costumes du théâtre, ressuscite des masques, raconte un carnaval : les tournées désastreuses, les repas à deux heures du matin, les crises d'asthme du souffleur, le chien qui mord l'actrice sur scène, les représentations devant des salles désertes. Une vie, n'importe quelle vie. Étouffements, embrassades. Une famille, un clan dans l'Europe brune. Pas un mot sur la guerre, pas un mot sur le mari ni sur l'enfant.

On s'appelle Isabelle. C'est une chose à peu près sûre. C'est une chose sans intérêt. On aime bien son prénom, par habitude. Il est plus qu'à demi décollé du visage, parfois il bouge. Alors on dort mal. On ne dort pas. Tourne et retourne dans le lit. Tourne et retourne dans le prénom froissé. Les cris arrivent quand on va, enfin, toucher au sommeil : les hurlements d'Adrien découvrant un homme sur le seuil de sa chambre, un géant bruyamment fêté par Nello. Les deux filles accourent, suivies par Églantine qui tombe dans les bras de son fils. On rit, on parle un peu, on se quitte, à demain.

Tellement de désordre que personne ne remarque cet autre événement, bien plus étrange : la pluie s'est arrêtée.

Il a cinquante ans. Dans son visage, on ne voit que les yeux. Des prunelles de chat, des yeux d'or. Quand il vous écoute, il regarde à travers vous. Il écoute ce qui est dit, il regarde ce qui est tu. Quand il vous parle, c'est pareil, il ne cesse de vous entendre, de vous voir. Les yeux d'or ont brillé partout dans le monde. Ils ont reflété les eaux vertes de tous les océans, sous tous les cieux. Mousse, matelot, capitaine, il n'a jamais fait qu'un seul métier, Jacques, mais il l'a exercé partout, sur tous les navires du globe. Il n'a pas fait fortune, le salaire de plusieurs mois s'évanouissant dans une sortie d'un soir : à force de contempler des déserts d'eau salée, on prend le goût de boire. D'un naufrage à l'autre, il revient échouer dans la maison d'Églantine, le temps de peindre une chambre en couleurs vives, le temps de rajeunir sa mère avant de repartir à l'Est, à l'Ouest, au Sud, au Nord, dans toutes les directions.

Méfiance. Grande méfiance d'Isabelle qui s'assied au plus loin de Jacques, regardant sans sourire cet inconnu aux épaules larges, à la voix franche. Nello a retrouvé son maître. Il ne trahit cependant pas Adrien, reste couché aux pieds de l'enfant. Le cœur de Nello est large, assez large pour tenir plusieurs étoiles en même temps, dans le même ciel, sous le même aboiement. Moi, Isabelle, Bruges la grise, mon cœur est plus étroit que celui d'un chien. Personne ne peut y entrer, et surtout pas celui-là qui ressemble à mon père avec ses cheveux longs, argentés. Il a commencé par séduire mon petit frère, puis ma petite sœur. Je le vois bien. Il séduit comme il respire. Le temps pour le chocolat du matin, brûlant dans les tasses, de refroidir, et son charme triomphait de la sauvagerie d'Adrien, sortait Anne de ses brumes. Moi, il lui faudra plus de temps pour m'avoir. Moi, Isabelle, reine de Bruges, reine de rien.

Elle se lève, essuie ses lèvres du revers de la main. Vous avez vu, Églantine, il ne pleut plus. C'est dommage. Je ne supporte pas le soleil. Et elle sort, renverse sa chaise au passage, file dans sa chambre et s'effondre sur le lit, épuisée comme un soldat après deux nuits de marche sur une terre ennemie.

Les jours passent. Ce sont des jours dont on ne peut rien dire, puisqu'ils sont sans amour. Isabelle traîne dans le jardin. Les autres, on sait bien où ils sont. Depuis qu'il fait beau, ils ne quittent plus la maison. Ils vivent à l'envers. À croire que le soleil a moins d'éclat que la présence d'un jeune vieux de cinquante ans, au teint cuivré, aux cheveux sales. Adrien et Anne ne le lâchent plus, poussins autour de la mère poule, bien au chaud sous les plumes de la voix. Quant à Églantine, n'en parlons pas. Elle s'habille comme une petite fille. Elle regarde son enfant avec des yeux fiévreux. Elle le boit, elle le mange, elle le dévore des yeux. Elle le regarde comme s'il venait de naître : un étranger et c'est pourtant vous. La plus belle fleur de votre jardin, et hier encore elle n'était pas là. Isabelle grimace, serre les dents. Elle déteste ce regard d'Églantine. Elle arrache une touffe d'herbe, s'allonge à plat ventre sous un buisson, plaque son visage contre la terre.

Un rouge-gorge sautille dans l'herbe. Isabelle retient sa respiration. Elle ne peut détacher ses yeux de la tache de rouille sur le cou, orange et grise. Elle commence à avancer. Lentement. D'abord une main, puis l'autre. Ensuite les jambes. Un temps de repos. Encore une main, et l'autre. Doucement. Très doucement.

L'oiseau a interrompu son chant. Il gonfle sa gorge, tourne la tête de tous côtés. Elle ferme les yeux. Comme ça, je suis invisible. Une fourmi grimpe sur sa jambe gauche, redescend. Elle ne bouge pas. Il est là, tout proche. Il a deviné le danger mais le goût du chant est trop fort, le goût de ce coin du monde où il est, de ce bleu ciel et de ce vert amande du feuillage. Si près de moi sur la branche basse. Si proche, si loin. Ne pas regarder, ne pas respirer, n'être plus rien. Il est presque à portée de ma main. Quand je ne serai plus rien, il sera pris.

Dans la maison, aucun bruit. Ils doivent écouter une de ces stupides histoires de baleine. Cet idiot de marin qui fait le tour du monde, et ne trouve rien de mieux à ramener que des fables pour enfants. Églantine comme les deux autres : béate, son visage arrondi d'admiration. Elle ne remarque même pas mon absence, Églantine. Elle est aussi bête qu'Anne, ce n'est pas la peine d'avoir soixante-dix-neuf ans si c'est pour tomber amoureuse d'un corsaire sans trésor, d'un vieil enfant aux cheveux cendre.

Les yeux clos, la respiration éteinte, Isabelle descend dans le silence qui est en elle. Isabelle s'enfonce dans les rues de Bruges, vidées de tout passant. Elle descend jusque-là où c'est blanc et désert. Elle est toute resserrée autour du vide dans son cœur. Maintenant, là : elle se détend d'un seul coup, gracieuse comme un chat, fine comme un tigre. Le rouge-gorge a déployé ses ailes, ses plumes ont frissonné de colère mais trop tard, il est entre les mains d'Isabelle, il manque d'espace pour se débattre, il manque d'air pour piailler, il manque de tout, sorti du ciel comme un poisson qu'on tire de l'eau, il étouffe dans le noir, les yeux exorbités de rage.

Elle sent la chaleur du duvet, la corne du bec, le bois tendre des pattes. Elle sent la vie panique entre ses doigts. Elle tient dieu dans le creux de ses poings et elle commence à serrer, serrer, serrer.

Ne faites pas ça, Isabelle. Ne faites jamais ça. Ne le faites pas, et non parce que je vous le demande. Je sais que vous ne m'aimez pas. Ne le faites pas, pour vous : que deviendriez-vous, après.

La voix de Jacques. La voix au long cours, les yeux d'or. Il est à deux mètres, derrière elle. Elle ne l'a pas entendu approcher. Elle ne bouge plus. Elle écoute, sans comprendre. Les mots s'avancent, un par un.

Réfléchissez. Réfléchissez vingt secondes, il ne doit guère rester plus de vingt secondes de vie à cet oiseau, vos doigts sont rouges tellement ils sont crispés. Je ne vous toucherai pas, je vous laisse libre. Simplement vous dire : ce qu'on emprisonne nous retient dans la prison. Ce qu'on détruit nous détruit à son tour. Dix secondes, vous avez encore le temps. Pensez-y. Il va salir vos mains et vos yeux, Isabelle. Il va pourrir en vous.

Cinq secondes. Plus aucun mouvement dans la cage de chair et d'os. Deux secondes. Elle se tourne vers Jacques, lance ses poings en direction de son visage, desserre les doigts au dernier instant. Le rouge-gorge d'abord ne bouge pas, engourdi, puis l'ombre sort du cœur minuscule, la vie revient, les nerfs, les muscles, et d'un seul coup l'envol, très haut dans le ciel.

La meurtrière et le pirate restent face à face. Ils ne se regardent pas. Ils ne se disent rien. Jacques fait demi-tour, revient dans la maison.

Églantine étend sur un fil le linge de quatre enfants — dont un de cinquante ans. Une nappe à carreaux rouges au bout des mains, une pince en bois entre les dents, elle envisage la situation. Hier la vie était calme, presqu'austère. Aucun bruit dans les chambres, si ce n'est, de loin en loin, les bâillements de Nello. À présent la solitude s'est enfuie de cette maison, comme un moineau effrayé par des rires. Si elle devait y revenir, ce ne serait plus comme autrefois, limpide et chantante, mais chagrinée par l'éclat de ces jours, nostalgique de ces cris. Comment faire. Comment retenir tout ce beau monde à la maison, aussi sûrement que cette chemise, épinglée aux épaules sur un fil, tourmentée par le vent, chahutée par les anges.

Le jour de la rentrée, Jacques se lève le premier et s'en va cogner aux portes d'Anne et d'Adrien, en fredonnant une vieille chanson.

Nous étions vingt ou trente, brigands dans une bande, tous habillés de blanc, à la mode des, vous m'entendez, à la mode des marchands. Il hurle plusieurs fois : vous m'entendez. Adrien bondit dans le couloir, le visage frais et rose. Anne les rejoint un peu plus tard dans la cuisine, les yeux pleins d'embruns. Ce n'est pas un matin comme les autres. On est plein de fièvre. On parle fort. On engloutit le lait, on dévore le pain. On est heureux — avec un peu de crainte.

Jacques tape dans ses mains, vérifie les cartables, l'heure est venue. Les enfants et Nello le suivent dans le jardin, entament la descente jusqu'au village. Isabelle reste seule, encore en chemise de nuit, écoutant le pépiement des oiseaux dans le ciel briqué de neuf, contemplant le naufrage du pain beurré dans l'océan de chocolat.

Églantine s'assied à ses côtés. J'ai à vous parler, Isabelle. J'ai à vous parler de vous, et puis de Jacques, enfin de moi. Mais commençons par vous : l'école du village, c'est une toute petite salle avec une poignée d'élèves, de cinq à dix ans. La ville, c'est bien trop loin, et vous seriez obligée de rester en internat. Je préfère vous savoir ici, près de moi. J'ai pensé que Jacques ferait, du moins pour un temps, un bon précepteur. Comme il ne semble pas à votre goût, laissez-moi vous dire deux, trois choses de lui. Vous prendrez votre décision après.

Elle se lève, parle en faisant le tour de la table. Jacques est un enfant très spécial. Comme tous les enfants, d'ailleurs. Son père était accessoiriste dans notre troupe de comédiens. Il avait des talents certains pour la magie. Pour attirer le monde, gonfler la recette, il donnait quelques tours de prestidigitation avant le lever du rideau. Quand Jacques a eu sept ans, il a voulu l'associer à un numéro. L'enfant se glissait à l'intérieur d'une malle dont son père refermait le couvercle, qu'il bardait de cadenas. Dix secondes après, il ouvrait les serrures, enlevait les chaînes et montrait au public une malle béante, vide. Inutile de vous dire que Jacques, par un système de double fond, regagnait les coulisses pour réapparaître ensuite, à l'intérieur d'une grosse horloge de carton pâte. Seulement, un soir, plus de Jacques. Ni dans les coulisses, ni dans l'horloge. Nulle part. Les gens n'y prêtèrent pas attention, croyant que cela faisait partie du tour. Ensuite il fallait jouer une pièce de Molière. Son père, ce soir-là, devait remplacer le souffleur, ce qui fait que nous n'avons pu commencer nos recherches qu'à onze heures du soir. Nous avons parcouru toutes les rues de la ville. Rien. Personne ne l'avait vu dans les cafés. J'interrogeais les rares passants, de plus en plus tourmentée. On me lançait des regards inquiets : pour ne pas perdre de temps, j'avais gardé mon costume de scène, et on s'étonnait de cette folle habillée en marquise, de ces joues fardées, salies de larmes. Dans cette tenue je suis allée au commissariat. Ils ont mis une voiture à notre disposition. Nous avons retrouvé Jacques à deux heures du matin, dans un restaurant routier à la sortie de la ville, racontant aux chauffeurs ses exploits de marin, décrivant l'horreur de cette tempête qui avait emporté, en une seule fois, d'un seul coup, son père et sa mère. Nous l'avons empoigné, chacun par une épaule, jeté dans la voiture. Sur le trajet du retour, colère et joie, grondements et caresses. Le lendemain soir, le tour de la malle magique était définitivement retiré du programme. Un mois après, c'était Noël. Son père lui a offert une maquette de bateau. Il a regardé son cadeau, il a soupiré : on ne va pas loin avec ça. Moi je veux aller bien plus loin. Son père n'a pas entendu, et moi je me suis gardée de rien dire. Des années ont passé. Il était comme avant, comme toujours : docile, agréable, rieur. Simplement il captivait ses camarades, et même ses professeurs, avec des récits de pieuvre triste, de requin fou. Il était premier en rédaction et, quel que soit le sujet, il s'arrangeait pour y glisser une sirène, une méduse — au moins un peu d'écume ou de sable. Et les fugues ont repris. Des disparitions de plusieurs jours, puis le retour au bercail. Il était grand maintenant, un peu plus que vous, Isabelle. Nous avons fini par moins nous inquiéter. Cela ne dépendait plus de nous, ni même de lui. Je ne fus qu'à demi surprise le jour où il a ramené à la maison son premier salaire, fruit de sa première pêche, sur un bateau grand comme un dé à coudre, à Lorient. C'était son vœu le plus cher. C'était son chemin : aller sur l'eau, aller sur les océans où les yeux s'égarent, où l'esprit se creuse.

Elle prend le visage d'Isabelle entre ses mains, lisse ses cheveux. Ceci pour vous dire, ma jolie, que celui qui va chercher si loin son rêve, avec tant de force et d'imagination, sans se perdre en route, que celui-là, me semble-t-il, ferait un maître tout à fait convenable.

Mais ce n'est pas tout. Je dois vous parler de moi, maintenant. Je vous ai dit que le désarroi suscité par ces fugues avait, à la longue, disparu. Et c'est vrai. Cependant, je n'ai pu m'y habituer tout à fait. Encore aujourd'hui, je ne sais ce qui me brise le plus : le chagrin de ses départs, la joie de ses retours. Quand il part, je mets des mois à rassembler mes pensées autour de ce vide, à tempérer les battements de mon cœur dans le noir. Quand il revient, c'est pour ruiner ce frêle équilibre auquel j'étais — si laborieusement — parvenue. Alors, et vous comprendrez cela, même si c'est indigne — toutes les mères sont indignes, Isabelle — j'aimerais que, pour une fois, sa présence ici dure longtemps, au moins un trimestre : presqu'une éternité. Si je lui propose de vous aider dans vos leçons, je suis sûre qu'il ne refusera pas. Il est parti faire des courses. C'est du moins ce qu'il prétend, je sais bien qu'il est allé traîner les bars. Il ne reviendra pas avant midi. Prenez votre temps pour me donner votre réponse. Et surtout, n'hésitez pas à me dire non. Je ne vous en voudrai pas. C'est une des choses qu'il m'a apprises : il ne faut jamais aller contre son cœur. Jamais.

Elle empile les bols, passe l'éponge sur la toile cirée, recueille les miettes de pain dans le creux de la main, avant de les lancer sur le seuil et de tourner vers Isabelle un visage rayonnant : en attendant que votre cœur décide pour vous, allez donc vous habiller et accompagnez-moi dans le pré à côté, l'herbe est pleine de châtaignes qui brillent comme des sous neufs. Ce serait dommage de les laisser.

Les châtaignes, c'est méchant au-dehors, gentil au-dedans. Les bogues piquent les doigts d'Isabelle. Elle rentre la main dans la manche de son pull pour les ouvrir. À l'intérieur c'est lisse et velouté. Plusieurs châtaignes dorment ensemble, serrées l'une contre l'autre. On les prend une par une. La lumière rebondit sur leur peau, luisante comme des souliers vernis. Elles roulent au fond de l'œil avant de glisser au fond du sac.

Les châtaignes, c'est têtu au-dehors, lumineux au-dedans — comme Isabelle quand elle se penche vers Églantine pour lui dire c'est d'accord, pour Jacques, pour les leçons, pour le trimestre, d'accord pour tout.

Les choses ne se passent pas comme prévu, vraiment pas. D'abord Jacques ne revient pas ce jour-là à midi. Il ne rentre pas non plus le soir, ni le lendemain. Son absence fait comme un coin d'ombre dans la maison. On éclaire toutes les pièces mais rien n'y fait. Nello suit Adrien d'une chambre à l'autre, en gémissant. Anne taille ses crayons, enveloppe ses livres de classe de papier bleu nuit, casse les mines des crayons, tourne les pages, se perd dans les images, relit plusieurs fois l'histoire de Christophe Colomb et de Magellan, regarde les bateaux coloriés en y cherchant celui de Jacques. Églantine ne dit rien. Elle se réfugie dans la cuisson de tartes bien trop lourdes, bien trop sucrées, caramélisées. Isabelle ne sait trop quoi faire. Elle voudrait bien retrouver la voix de Bruges. La voix ne se fait plus entendre depuis le jour du rouge-gorge, et il semblerait que l'appeler la fasse taire à coup sûr. Pour comble de malchance, la pluie a repris au-dehors.

C'est Nello qui le découvre : endormi comme un bienheureux sous les branches basses d'un sapin dans le parc. Depuis quand est-il là, on ne sait pas. Ses vêtements sont fripés, trempés, imbibés d'eau de pluie et d'alcool. Il a dû rentrer pendant la nuit. Peut-être n'a-t-il pu aller plus loin. Il s'est assis sous les branches vertes — là même où, avec Adrien, ils avaient commencé une cabane. La fatigue et la bouteille de vieux marc qu'il tient dans sa main ont fait le reste. Il s'est allongé là, sur un matelas d'aiguilles, entre deux draps de pluie.

Nello se précipite dans la maison, tire Adrien par la manche. Le garçon appelle ensuite les deux filles. On décide de ne rien dire à Églantine. Adrien rit aux larmes, Anne reste à distance, un peu inquiète. C'est Isabelle qui a le plus bel éclat de rire devant le crâne nu, luisant sous la pluie. En s'affalant sous le sapin, il a accroché sa perruque à une branche. Isabelle la prend et lève bien haut les cheveux gris cendre, le scalp du père, la chevelure du corsaire. Elle rit longtemps d'un rire sans méchanceté, d'un rire comme elle n'en avait pas connu depuis — depuis quand, au juste.

À trois ils le traînent dans la maison, pendant une absence d'Églantine. La chaleur de la cuisine le réveille. Il regarde les trois visages penchés sur lui. Doucement il se relève, non sans discrètement vérifier le bon état de ses cheveux.

Églantine est descendue au village. Elle manquait de cerises confites et d'amandes pilées pour parfaire ses gâteaux. Depuis deux jours elle manquait de tout. Quand elle pousse la porte de la cuisine, elle est accueillie par un Jacques rayonnant, frais parfumé dans un costume blanc. On se regarde. On ne se reproche rien. Les colères et les bouderies ont été épuisées pour toujours, la nuit de la première fugue, la nuit de la malle magique. Depuis Églantine a inventé une plus fine manière de gronder l'enfant volage : elle le prend dans ses bras, elle le serre, elle l'étouffe et l'embrasse sur les deux joues, deux baisers duveteux, légers comme neige. Jacques sourit, regagne sa place auprès des enfants, poursuit son histoire là où il l'avait interrompue.

C'est l'histoire d'une pieuvre qui s'appelle Élisabeth. Elle a trois ans. Ses parents ont, dans leur jeunesse, assisté à un bal donné par une vieille baleine très riche. Tous les soirs ils racontent à leur fille la splendeur de ce bal, les murs de perle, les chandeliers d'or fin et le par-

quet de sable — un sable bleu comme la lune.
Élisabeth écoute en fermant ses gros yeux. Le
sommeil vient la prendre dans un bruit de clave-
cin. Elle rêve chaque nuit à des robes blanches,
des valses brunes, ses six bras repliés autour de
ses six poupées. Viennent les mauvais jours.
Une crise économique attriste les affaires, balaie
les entreprises. Les parents d'Élisabeth perdent
leur emploi. Le soir ils sont fatigués, irritables.
Ils disent à leur fille : tu es grande maintenant.
Tu n'as plus besoin d'histoires, tu peux t'endormir toute seule. Un jour on déménage. On part
à la recherche d'un travail, dans un continent
aux eaux plus chaudes. Le voyage est long, si
long que les parents meurent à l'arrivée, laissant
leur fille aux mains d'un oncle pharmacien. Elle
travaille comme laborantine. Les clients se bous-
culent pour être servis par elle. Le soir, dans sa
chambre sous les toits, elle ferme les yeux, écoutant dans le fond de son cœur une rumeur de
fête galante, écoutant des heures entières sans
trouver le sommeil. Elle est de plus en plus pâle.
Elle maigrit de plus en plus. Un matin son oncle
la découvre, affalée sur le tiroir-caisse. La mort
lui donne un sourire éclatant. Quand on par-
vient à dénouer ses six poings serrés on y
découvre un chandelier d'or fin et du sable,
beaucoup de sable bleu comme la lune.

Églantine retire une tarte au citron du four.
Pâte craquante, sucre doré. Elle en coupe de

grosses parts qu'elle amène, sur une assiette de porcelaine blanche, aux enfants. Jacques entame un autre récit. Églantine le regarde, attendrie et vaguement inquiète de son initiative : il n'est pas sûr que Jacques fasse un professeur semblable à ceux qui sont dans les écoles.

C'est si peu sûr que, quinze jours après, elle lit ce mot sur la table de cuisine : « Petite mère, les cours avancent bien. Comme nous en sommes au règne de Louis XIV, j'ai pensé qu'un séjour à Versailles éclaircirait les choses. On revient dans une semaine, un peu plus, un peu moins. Grosses bises. »

Versailles c'est un jardin pelé, avec un potager, des toilettes — une cabane de planches
mal ajustées les unes aux autres — et une
bande de terre rouge, creusée en son milieu
par le passage de boules de bois, jonchée de
grosses quilles vertes. Pour entrer dans Versailles, on sort des chambres au premier étage.
Celle d'Isabelle est à dix mètres de celle de
Jacques. On convient d'une heure, rendez-vous
en bas de l'escalier, dans la salle de café. Après
c'est facile, il suffit de ne pas se tromper, de ne
pas emprunter la porte qui donne sur la rue,
mais celle qui ouvre sur la cour. On peut noter
encore la présence d'un coq aigri qui a élu
domicile dans le potager, titubant au milieu des
légumes comme une quille de plumes incer-
taine sur sa base, Louis XIV vers la fin de son
règne, précise Jacques.

C'est après une heure de conduite souffreteuse que la voiture de Jacques est entrée dans le coma. Il a fallu ensuite gagner à pied le prochain village, négocier avec le garagiste une réparation promise pour dans huit jours, choisir d'attendre là, dans les chambres proposées par le cafetier, beau-frère du garagiste. Par chance on a emmené des livres. Les cours ne sont donc pas interrompus. On les commence à dix heures le matin, jusqu'à midi. On les reprend après la sieste, vers les trois heures de l'après-midi.

Devant un verre de bière, Jacques décrit les appartements de Versailles où il n'est jamais allé, les grimaces des courtisans, les caprices des reines, les dentelles blanches tachées de sang : guerre contre les protestants, guerre contre les pauvres, guerre contre tout et tous. Il n'y a de place que pour un seul roi dans le monde, Isabelle. Il doit donc mener un combat incessant, à l'intérieur contre les nobles, les flatteurs et les prêtres, à l'extérieur contre les autres princes. Quand la guerre est finie, le royaume est consolidé, la mort vient prendre celui qui s'est rendu maître de toutes vies — sauf de la sienne. Maintenant, ouvrez votre livre de La Fontaine, c'est un auteur de ce temps, un chanteur de l'époque. Ce n'est pas dans les livres d'histoire que vous apprendrez l'histoire, mais dans ces fables, ou dans les pièces de Racine. Je vous laisse, j'ai à faire. Ce soir dans votre chambre, écrivez-moi quelques fables à votre façon. Imaginez que la cigale soit protestante et la fourmi catholique, inventez une suite à la maladresse de Perrette : comment on retient sur son salaire le prix du pot au lait, sa révolte, son licenciement. Voilà, je ne suis pas loin, appelez-moi quand vous voulez.

Au fond de la salle, entre la fenêtre et le billard, Isabelle rêve aux lumières de Versailles, à la galerie des glaces parcourue par un lion malade, atteint par la peste, abandonné de tous. Jacques est dans la cuisine. Il joue au poker avec le cafetier, sa femme et deux retraités. Les parties durent des heures, se prolongent jusqu'à la nuit. On a beau avoir treize ans. Treize ans et demi. On voit bien que les cartes ont moins d'intérêt pour Jacques que les joues roses et les cheveux blonds de la femme du cafetier.

Le matin Isabelle se lève tôt. Elle écrit un roman d'aventures. Les héros cherchent un trésor caché au fond d'un monastère. Histoire pleine de cris et de ténèbres, histoire interminable : Isabelle doit l'interrompre plus tôt que prévu, abandonner ses aventuriers dans la pleine nuit, au beau milieu d'une phrase, et suivre un Jacques affolé, courir à travers champs jusqu'à la gare. Quand le train démarre, elle voit le cafetier sur le quai, essoufflé, empourpré de colère, une fourche à la main.

Ainsi filent cinq années. Jacques reste à la maison. Il remplace les départs vers les îles par des échappées belles d'une semaine ou deux, toujours justifiées par les besoins d'un cours. On part en Hollande, on descend en Espagne, en Italie. On n'arrive jamais nulle part, et les hôtels de province, les auberges mal chauffées et les cafés endormis n'ont bientôt plus de secret pour Isabelle.

Elle apprend quand même des choses, Isabelle : un peu de français, un peu d'histoire, rien des mathématiques et beaucoup de la vie quand la vie murmure, au bord des lèvres de Jacques, cette parole étoilée, ce bon pain d'une phrase, trois mots pour une grande faim, trois anges gardiens sur le chemin : c'est pas grave, Isabelle. Rien n'est grave, Isabelle.

Voyons. Je retiens treize années, j'en pose cinq — cinq années à rire des peurs de Nello, des gourmandises d'Églantine, des questions d'Adrien, des étourderies d'Anne et des ivresses de Jacques, cinq années où l'on rit de soi et de tout, cinq années que l'on quitte sans savoir comment, d'une seconde à l'autre, une porte qui grince, une enfance qui se fane, treize plus cinq qui font dix-huit.

Un cerisier amoureux

De petites alertes, d'abord. Oh presque rien. Une inquiétude d'Isabelle devant la fatigue d'Églantine, devant le resserrement des paroles et des pas de la vieille dame. Elle qui se mouvait dans le fouillis de la maison sans jamais rien renverser, légère comme un chat, voilà qu'elle laisse échapper des assiettes de ses mains, qu'elle met en danger un nombre considérable de verres et de carafes, qu'elle fait déborder l'eau de la baignoire pour des bains qu'elle oublie de prendre, et tellement de maladresses comme en ont les jeunes enfants. Cette faiblesse d'Églantine, Isabelle ne sait qu'en penser, sinon qu'elle provoque en elle le même sentiment que la vue de Nello allongé sur le divan, sommeillant toute la journée et refusant désormais toutes caresses. Et ce sentiment, comment elle le préciserait, Isabelle. Un mélange. Un mélange de tristesse comme devant un départ de ceux qu'on aime, de compassion pour soi-même devant cette solitude où ils nous abandonnent et puis aussi un peu d'envie — comme s'ils s'en allaient vers une terre plus sûre, plus nette, comme si l'indifférence qui gagnait un vieillard devant chacune de ses journées et un animal devant sa propre fin étaient le signe d'une sagesse, d'une force neuve, trop longtemps inaccessible dans la vie, enviable peut-être. Enviable sûrement.

C'est l'été. Adrien et Anne sont absents. Ils sont partis pour deux mois avec Jacques, faire un voyage au long des côtes de France. Des cartes postales arrivent régulièrement : des vues du Morvan, des Ardennes, des Cévennes.

Quand même. Quand même quoi. Quand même je suis heureuse. Tu vois, mon vieux, je t'ai vu grandir pendant ces cinq ans. Quand je suis arrivée tu ne donnais pas encore de fruits, tu ne rougissais pas comme aujourd'hui, tu n'étais qu'un petit cerisier tremblant dans le soir. Dieu sait d'où venaient tes parents. Comme les miens ils t'ont laissé, tu vois, mon grand, ça n'empêche pas de pousser, de porter de belles robes blanches chaque printemps, d'ouvrir les bras au ciel large. Le gel ni les pluies n'y peuvent rien. Quand je t'ai vu, moi aussi je n'étais qu'un nom, à peine une promesse. Bruges Isabelle. Maintenant le nom s'est agrandi, les saisons l'ont colorié, le soleil lui a donné de sa force, les nuits d'été l'ont bercé et maintenant je suis belle à croquer. Comme toi, mon grand, comme toi.

Elle est assise au pied de son ami. Elle parle à voix lente. On a toujours envie de parler à voix lente quand on est amoureuse. Elle est amoureuse de qui elle ne sait pas, de tout et rien, du ciel tranquille, de la terre douce, d'elle-même et de l'ombre d'un cerisier. Ce qu'elle lui raconte, c'est strictement confidentiel. Avant elle l'écrivait dans un carnet. Mais l'écriture ça ne donne pas de fruits, ça ne frissonne pas au vent, ça ne retient pas les moineaux. D'ailleurs l'écriture, sans voix de Bruges, c'est nul — et la voix n'est pas revenue depuis tant d'années. Est-ce que je la regrette. Oui et non. La voix de Bruges ne venait que pour dire des choses tristes. Une parole de vent froid. Toi mon grand tu es plus doux, plus chaud. Il suffit que je me taise pour t'entendre, ta voix est parfumée, ton bavardage est tendre, je t'aime petit cerisier de neige, je t'aime grand frère timide. Nous avons eu les mêmes parents, un peu distraits, un peu négligents, on n'a pas idée d'oublier ses enfants au bord d'une route. Le même père, je le vois bien à ton insouciance dans la sécheresse. Papa aussi il se moquait de tout. Les soucis dans sa bouche ce n'étaient que des fleurs, rien d'autre. La même mère aussi, je le vois à ton écorce rugueuse, à tes branches suppliantes, elle t'a donné de ses migraines, on ne peut lui en vouloir, les parent donnent ce qu'ils sont, ils ne savent pas faire le tri, ils ne sont pas si grands qu'on croit, les parents, à peine un peu plus grands qu'un noyau de cerise, tout dépend de la terre où on les a mis, c'est sans fin cette histoire, mon cœur, c'est sans fin. Tiens aujourd'hui j'ai pensé que tu aimerais entendre un peu d'Éluard, c'est beau, Éluard, presqu'aussi beau qu'une fleur de cerisier. Écoute.

Et elle commence lentement la lecture du jour. Des fois c'est un poème, des fois un roman. Le cerisier a déjà lu plusieurs nouvelles de Tchékhov, des romans de Balzac et de Dickens. C'est Dickens qu'il préfère, on dirait.

Elle l'embrasse de ses bras légers, elle caresse ses bonnes feuilles vertes, le félicite pour sa patience et sa lumière, elle lui parle beaucoup mais il y a une chose qu'elle ne lui a jamais dite, même en silence, même au secret d'une pensée : je ne te quitterai jamais. À dix-huit ans elle a bien plus que dix-huit ans, Isabelle. Parfois, soulevée par la lumière d'un matin d'avril, dansante pieds nus dans l'herbe humide, elle s'approche de l'arbre pour lui dire cette phrase-là, mais les mots ne peuvent franchir la blanche barrière des dents, impossibles à prononcer, pas vrais, trop clairs, trop clairement faux, ils font venir la voix de Bruges dedans la gorge, la voix ne dit rien, elle empêche simplement de dire ces bêtises, ce mensonge : je ne te quitterai jamais. Je t'aimerai toujours.

Quand même ça ne fait rien, je suis heureuse, pas besoin d'éternité, je t'aime cerisier, je t'aime prince du vent, roi de l'aube, je t'aime jusqu'à tout de suite, ça ira bien jusqu'à toujours, jusqu'à demain, je t'aime, je suis heureuse.

Le bonheur. Le bonheur c'est dix-huit ans et dix-huit ans ça pousse tout seul au-dessus de l'abîme, ça fleurit sur le vide, ça tient dieu sait comment.

Le bonheur. Le bonheur c'est un épervier flottant sans effort sur le ciel, porté par l'air et le silence, du malheur qui plane, serein, contemplatif, juste avant de fondre sur sa proie, de s'en saisir et de la déchirer.

Le bonheur. Le bonheur c'est une neige sur la montagne, une neige lumineuse, argentée, bleuie, parfaite, une neige trop poudreuse qui ne tient pas, qui glisse au premier bruit et c'est l'avalanche du chagrin, la coulée aveuglante du désastre.

Le bonheur c'est rouge, rouge cerise, rouge sang, un rouge qui vire au noir comme soudain les lèvres d'Églantine et son regard étonné, ce corps maigre effondré sur le dallage de la cuisine, vite, prononcer son nom plusieurs fois, dans le nom aimé il y a une sève, un soleil, une force, vite, serrer le vieil oiseau maigre entre ses bras, caresser la tête blanchie et les crier enfin ces foutues phrases, les lancer sur le silence comme une poignée de pierres, les répéter sans fin : je ne te quitterai jamais, je t'aimerai toujours. Toujours, jamais. Jamais, toujours.

La plus jeune berçant la plus âgée. L'une suppliante, l'autre endormie. Une lumière blonde les enveloppe.

Du temps passe. Isabelle se relève, va vers le téléphone, appelle le médecin. On lui fait répéter plusieurs fois ce qu'elle dit. Sa voix est éteinte. Elle a hurlé pendant des siècles.

Il entre, essoufflé, brillant de sueur. Il s'est égaré dans la forêt, est redescendu au village pour demander son chemin, est remonté en courant. Il est si rouge qu'Isabelle s'inquiète pour lui, le fait asseoir et va lui chercher un verre d'eau, tandis qu'il roule des yeux et de la voix, demandant plusieurs fois où est la malade.

Il est jeune, presqu'aussi jeune qu'Isabelle et, pour qu'elle ne remarque pas ce détail, il donne à son visage la grimace du médecin habitué à mener avec la souffrance une lutte solitaire, ignorant la présence larmoyante des proches et celle, infantile, du malade. Rien que moi et la maladie. Rien que moi et le radotage des organes, le marmonnement de la mort. Devant la chambre où Isabelle a traîné Églantine, il durcit sa voix. Veuillez nous attendre ici, mademoiselle. Elle ne peut retenir un sourire devant ce « nous » princier, devant le sérieux de ce visage encore barbouillé du lait des études. Elle esquisse une révérence de petite fille et sort de la maison. Assise en tailleur sous le cerisier, elle regarde le cours des étoiles dans la paume de sa main gauche.

Il revient au bout d'une demi-heure. C'est long, une demi-heure. Elle ne sait plus que penser, vers la fin de l'attente. Elle préférerait ne plus penser, seulement croire. Penser, ça va toujours vers le pire. Croire, ça ne va nulle part, ça reste où on est, ça monte tout droit du cœur au cerisier. Mon dieu. Mon dieu qui n'existez pas, je ne vous demande rien, presque rien, je vous demande d'attendre pour venir dans cette maison avec votre mort sainte, avec votre faim méchante, vous avez bien le temps, vous avez tout le temps pour vous, attendez quelques semaines, quelques mois, une vieille dame fripée, ça ne fait presque pas de bruit, ça ne tient pas beaucoup de place sous votre ciel, ça ne peut pas vous gêner du fond de votre nuit, mon dieu passez plus loin, je ne vous aime pas, je ne vous crois pas, je ne vous veux pas ici, pas maintenant.

Le voilà. Il marche lentement dans l'herbe jaune. Un costume gris perle, une trousse de cuir noir à la main droite, des taches de sueur autour du cou. Un épouvantail. Un notaire. Un petit arbre sec. Elle ne se lève pas. Elle écoute

les phrases en regardant les souliers poussié-
reux, les lacets qui traînent à terre. Voilà. Votre
grand-mère a eu une attaque. Elle se remettra
peu à peu, mais d'autres crises sont prévisibles.
Il lui faudra une assistance médicale qu'elle ne
pourra trouver que dans une maison de cure.

Isabelle se lève, essuie ses mains sur sa jupe,
hausse les épaules et s'éloigne vers la maison
sans dire un mot. Ah si quand même, il faut
bien se retourner et dire ça : combien je vous
dois, docteur.

Elle le regarde descendre vers le village.
Quand il est à mi-hauteur elle met ses mains en
entonnoir autour de la bouche, elle crie : la
maison de cure, ce sera ici. Je m'occuperai très
bien d'elle, vous n'aurez qu'à revenir disons
deux jours par semaine, le lundi et le vendredi.
Et elle s'en va sans attendre la réponse, aban-
donnant la silhouette noire contre le ciel bleu,
le petit soldat de plomb épuisé de chaleur, figé
sur le chemin, la trousse qui se balance au bout
de la main moite.

J'ai la sensation de vivre dans une orange. Je sais, c'est idiot mais c'est comme ça. J'ai dix-huit ans, je suis faite de dix-huit Isabelle, dix-huit quartiers d'orange. Je passe mes jours tantôt dans l'un, tantôt dans l'autre. Le quartier que je préfère se situe entre neuf et dix heures du soir, en été. À cette heure-là, Églantine dort, Nello traîne au village, le cerisier resserre ses feuilles. Cette heure est celle de Bruges. C'est dommage. C'est dommage qu'il y ait du temps, d'autres lumières et d'autres heures. C'est dommage que l'orange soit ronde et qu'elle tourne sans arrêt autour du soleil. C'est agaçant. Je pourrais vivre sans fin entre neuf et dix heures du soir en été. C'est le plus beau quartier d'orange que je connaisse. On sort dans le jardin, on revient en courant dans la maison faire une chose très importante : allumer toutes les lampes de toutes les pièces. Installer ces lumières dans le mélange de bleu et de noir, de jour et de nuit, au beau milieu du cœur. Puis ressortir dans le jardin, faire quelques pas et contempler la maison illuminée, la danse des premiers papillons, le navire de pierre sur l'herbe sombre, le navire immobile et sa cargaison de lumières. Là, quelque chose se passe. Cette chose se passe aussi dans la journée mais vous ne pouvez la voir. Elle n'est visible qu'à cette heure-là. Cette chose n'est pas une chose mais le sentiment que vous avez de vous-même — autant dire le sentiment de Dieu : une grande fraîcheur de liberté, une belle promesse. Un grand sentiment neuf de liberté, mais ce sentiment n'est pas en moi, Isabelle, il ne vient pas du dedans mais du dehors, il ne loge pas dans mon âme — est-ce que j'ai seulement une âme — mais dans les choses, dans toutes choses sous le ciel bleu noir. Je ne comprends pas bien ce que je te dis là, petit cerisier. Toi tu ne peux m'expliquer cette magie puisque tu en fais partie, puisque tu te confonds si bien avec elle que ton silence, à cette heure-là, m'impressionne. À qui, oui à qui dire ces paroles, pour qu'en les entendant il les éclaire. Ce mot qui descend avec le soir d'été, ce mot qui tourne comme les ailes du tilleul : heureuse. Heureuse et délivrée du poids du bonheur. On ne sait pourquoi on est heureuse et cette ignorance est certitude — certitude du cœur bleu noir. Il suffit donc d'être là. Il suffit donc de s'appeler Isabelle et de marcher dans le fond d'un jardin, aux derniers feux du jour, pour contempler son vrai visage au fond de l'air, pour apprendre qu'on est seule, ni passé, ni futur, pour découvrir qu'on est une reine puisqu'on est seule, seule et libre d'être ce qu'on est, tout et rien.

À dix heures du soir le docteur arrive. Il marche lentement sur le chemin. Isabelle descend à sa rencontre, jeune fille en robe rouge cernée d'étoiles. La magie est éteinte. Le grand sentiment de Dieu disparaît sous les souliers cloutés du docteur, et cette coïncidence qui se renouvelle chaque fois est comme un autre mystère. Quand celui-là vient, on a fini d'être heureuse. C'est curieux. La joie s'en va, autre chose la remplace, un autre sentiment. Mais lequel. On n'y voit pas très clair, passé dix heures du soir en été. On devine dans l'ombre, avant d'atteindre la maison, que le jeune médecin est plus nonchalant, plus près de son âge et donc plus près de vous, on voit qu'il ne porte plus la cravate et la chemise grise du premier jour. On est contente de le voir, mais contente ce n'est pas grand-chose. Il s'inquiète d'Églantine, parle avec la vieille dame toujours alitée, puis revient dans la cuisine, fait semblant de refuser le premier verre de rhum.

Bientôt il vient tous les jours, ou plutôt tous les soirs : je ne supporte pas la chaleur. Le beau temps c'est pire que la pluie. Tenez, je vous ai apporté un fruit de mon jardin. Il ouvre sa trousse, fouille, ne trouve rien, sort la seringue, le carnet à souches, les instruments et la petite boîte de fer blanc, enfin découvre le livre enveloppé de papier cristal : des poèmes du treizième siècle, une édition rare. C'est un malade qui me l'a offert, un avocat, mon premier client, un fou de littérature. Il souffrait de calculs et c'est la première chose qu'il m'a dite : j'ai la même maladie que Montaigne, docteur. C'est pénible, mais ne vous hâtez pas trop de m'en débarrasser, c'est le seul point commun que je me connaisse avec ce grand homme. Il est venu souvent me voir après sa guérison. Il m'emportait des livres, des fortifiants. Je n'allais pas très bien à l'époque. J'attendais des clients qui ne venaient pas, je passais des heures dans une pièce vide, des murs bruns, une gravure de Picasso en face de mon bureau : l'enfant à la colombe. Pendant des heures je n'espérais qu'une chose : que ce sale gosse ouvre ses mains, que la colombe s'envole loin de cette pièce, et moi avec. J'avais engagé une jeune fille pour répondre au téléphone, prendre les rendez-vous, recevoir les clients, et comme personne n'appelait ni ne venait, la jeune fille s'est peu à peu égarée dans la maison, d'abord dans mon bureau, ensuite dans la salle à manger, enfin au bout d'un mois elle était dans mon lit. Elle s'appelait Blanche. Elle disait en riant : je porte un nom de vache. Ses parents étaient fermiers, de braves gens. Elle avait des amants un peu partout dans la ville. Elle les ramenait chez moi, ma première clientèle. Beaucoup de notables. Ils venaient autant pour Blanche que pour la consultation. Certains s'absentaient avec elle à l'étage. Je laissais faire. Je trouvais plutôt amusant d'avoir mené de longues études pour finalement tenir un bordel. Cela a duré dix mois. Un jour elle est partie, comme elle faisait toutes choses : dans un grand éclat de rire. J'ai gardé les clients. Ils venaient pour des maux imaginaires qui sont, comme vous le savez, les plus longs à guérir. Curieusement certains avaient les mêmes symptômes que moi : langueur, insomnies et fort penchant pour la boisson. Car je commençais alors à boire. En écoutant leurs plaintes, j'en trouvai vite la cause et leur appris qu'ils étaient atteints de la maladie Blanche — tout comme moi d'ailleurs. Ils ne supportaient pas la disparition de cette fille. Elle n'était pas remarquable, pourtant. Une fille de la campagne, fraîche, de gros yeux dans un visage ovale, lisse comme de la porcelaine. Ce qui était inoubliable — Isabelle, je viens de finir mon cinquième verre et je n'en refuserais pas un sixième — ce qui était inoubliable, oui, c'était son rire, sa joie inaltérable. Elle avait apprivoisé la vie, comme un écureuil sur son épaule, comme une petite Blanche moqueuse, réjouie, éternelle, assise sur l'épaule de la grande Blanche, une petite fée de vie. Il y a des gens comme ça. Ils vous donnent le bonheur et ce don est pire qu'un vol. Blanche n'était pas le genre de fille qu'on rêve d'épouser. Il y a bien toujours un type assez sot pour prétendre être le mari de ces femmes-là — comme si on pouvait tenir le vent dans une cage. Non, ce qu'elle vous enlevait en partant c'était beaucoup plus qu'elle, comme si, en claquant la porte, elle balayait d'un bout de sa jupe tout ce qui faisait le fond de vivre, découvrant un autre fond, jusque-là inaperçu : l'ennui. L'ennui des métiers, des familles, des sagesses. L'ennui de jouer au médecin ou au malade, l'ennui de faire semblant d'être ce qu'on est.

Onze heures du soir. Un jeune médecin divague, noyé au fond d'un verre. En face de lui une jeune fille apprend à boire. C'est une élève douée. Elle pourrait même dépasser le maître. Dans les premiers verres, l'intelligence s'ouvre. Ensuite elle se referme, pourrit très vite comme une plante gorgée de pluie. Isabelle s'en tient aux premiers verres. Elle pense au bonheur, à ce bonheur que personne ne peut vous prendre, parce que personne ne vous le donne. Elle parle de ce qui arrive chaque soir en été, entre neuf et dix heures, du bleu mêlé au noir, et des lumières qui fleurissent au milieu. Ou plutôt non elle n'en parle pas : celui-là en face d'elle, visage osseux, paupières lourdes, ne saurait pas entendre. Ni personne.

Un rayon de lune tombe sur l'ourlet d'une robe de velours blanc. Cette robe appartient à une jeune femme qui l'a lavée dans les toilettes de l'hôtel, l'a frottée longtemps avec un morceau de pierre ponce, puis l'a mise à sécher sur le balcon, en prenant soin de n'être pas vue : le règlement de l'hôtel interdit une telle familiarité. Ici on n'est pas dans un quartier populaire, ni dans un de ces haillons de banlieue dont s'entourent les grandes villes. Ici on est au cœur de Moscou, dans la plus grande ville de l'empire. La jeune femme erre depuis deux semaines dans les rues de la métropole et sa robe, la seule qu'elle ait, a peu à peu adopté les teintes grises des immeubles, une glace à la banane, malencontreusement renversée, ajoutant même une nuance vieil or — semblable à celui des coupoles — au tissu déjà bien fatigué. La jeune femme a rendez-vous demain dans le hall de l'hôtel avec son parrain, un célèbre producteur de cinéma. Peut-être pourra-t-il lui trouver un emploi d'ouvreuse ou même de figurante. Ce parrain est le dernier lien qu'elle se connaisse sur terre après la disparition, dans un accident de chemin de fer, de ses parents et de son frère aîné. Pour l'instant la jeune femme dort dans sa chambre, face au balcon. Le rayon de lune glisse sur le velours de la robe — une étoffe bien trop chaude pour la saison — il traverse la vitre, se faufile sur les couvertures, caresse le visage de la dormeuse, du moins ce qu'on en voit : une joue, un œil, et tout le reste englouti sous une chevelure blonde. Un peu plus tard, profitant d'un soupir de la jeune femme et d'un mouvement qui lui fait repousser les couvertures jusqu'à mi-corps, le rayon de lune se hasarde sur la poitrine nue, heurte le sein gauche et d'un seul coup rentre dans le cœur — y suscitant un rêve lumineux, avec des visages doux comme de la soie, un rêve dont on ne saura jamais la fin car le sein blanc, le lit, la chambre, l'hôtel, la grande ville et le rayon de lune sont écrasés par un doigt géant, un ongle taché d'un petit croissant blanc dans sa partie supérieure, le doigt d'Isabelle qui corne la page, la main d'Isabelle Bruges qui pose le livre dans l'herbe, dessous le cerisier à travers lequel brille un rayon de lune, vrai celui-là.

J'espère qu'elle te plaît, cette histoire. Je la lis pour toi, je la connais déjà, je l'ai lue l'an dernier pendant ma grippe. Dans le chapitre suivant nous irons en Sibérie. En Sibérie il y a de la neige, des forêts pétrifiées, des arbres glacés, personne ne les voit, personne ne vient leur lire de belles histoires, tu sais, tu as de la chance de m'avoir pour amie, vraiment, tu as beaucoup de chance, petit père. Bon. Je continue.

Et elle revient aux aventures d'une robe blanche, d'un morceau de lune et d'une jeune femme russe, tourmentée par l'espérance de grandes choses sans nom. Elle lit lentement. Elle prononce chaque phrase d'une voix claire, pour bien se faire entendre du cerisier. Elle est si attentive à sa lecture qu'elle se laisse surprendre par Églantine. La vieille dame a maigri, la chemise de nuit flotte autour d'elle et lui prête un corps immense, démesuré par rapport au visage. Une marionnette. Un ange à tête d'épingle. C'est sa première sortie depuis quinze jours.

Je vous ai cherchée partout dans la maison. Qu'est-ce que vous faites ici. J'entendais votre voix, elle venait du jardin jusqu'à mon lit, portée par le vent, j'aime bien cette histoire de Russie, pourquoi ne venez-vous pas dans ma chambre, me faire la lecture, j'entendrais mieux et cela mettrait un peu de neige sur mes insomnies.

Isabelle fait les présentations. Le cerisier, Églantine. Églantine, le cerisier. C'est pour lui que je lis à voix haute, pour chacune de ses feuilles. En échange il me donne son silence et la paix de son ombre. Mais je peux lire aussi pour vous, à condition que vous soyiez plus sage et que vous alliez prendre un châle et une couverture. Je vous attends, je garde la page.

Deux heures du matin. La voix d'Isabelle sous le ciel étoilé. Églantine a posé la tête sur ses genoux. Nello approche lentement, son pas est lourd, sa respiration est bruyante, il tourne autour du cerisier et s'allonge sur l'herbe, à la gauche d'Isabelle.

On est à Moscou, on va en Sibérie, on revient à Moscou, on part en Espagne. L'auteur est mort il y a longtemps, il revient cette nuit éclairer les pages de son livre. On voyage beaucoup sous le soleil de sa voix, sous un soleil dont chaque rayon est un rayon de lune.

Six heures trente du matin. Deux femmes sommeillent, appuyées l'une contre l'autre, sous des couvertures humides de rosée, veillées par un jeune cerisier et un vieux chien souffrant.

Il y a cette expression idiote : tourner la page. Elle est idiote parce qu'elle fait de la vie un livre qu'on lirait sous la lampe, tranquille, alors que ce livre on ne peut rien en voir, pas même le titre, puisqu'on est dedans, puisqu'on a le cœur plein d'encre, de boucles et de déliés. La page où l'on se trouve, qui donc peut la tourner. Le livre qu'on est à soi-même, qui donc viendra le lire. Et pourtant j'ai l'impression d'avoir tourné la page ce matin, ce clair matin d'été. Le vent des événements, un courant d'air par la porte entrouverte, et voilà le cœur changé — d'autres encres dans le même livre. J'ai été heureuse de treize à dix-huit ans, bientôt dix-neuf. Je dis cela pour aller vite. Rien n'en témoigne, après tout. Il n'y a pas d'images du bonheur. Le bonheur c'est l'absence, c'est d'être enfin absente à soi, rendue à toutes choses alentour. Il n'y a pas d'images de l'absence. Si, quand même, je peux avoir une image de ces années-là. Il me suffit de fermer les yeux et de penser très fort à ma chambre verte quand je n'y suis pas, au cerisier rouge quand je ne le vois pas, aux chansons de Jacques quand je ne les entends pas. C'était ça être heureuse, c'était quand je n'y étais pas, quand ma vie n'était plus dans ma vie, quand ma vie se perdait toute entière dans la vie, nulle part, le bonheur c'était nulle part. Bon, ils se dépêchent. Ils me donnent des nouvelles ou quoi.

Isabelle jette la cigarette à demi consumée dans le cendrier marron, en demande une autre à Jonathan, relit pour la huitième fois l'affiche détaillant les premiers secours à donner aux accidentés de la route. Avant Jonathan, avant l'hôpital, avant le cendrier débordant de mégots, il y a eu trois événements dans la journée. Ce qui, avec la présence apaisante de Jonathan, fait quatre. Quatre soubresauts, quatre fêlures du temps cela fait beaucoup, cela fait même trop pour une seule journée d'été, sous un ciel toujours indifférent, bêtement bleu, méchamment clair.

Et d'abord le facteur, premier venu. Une lettre postée de Marseille. On prend la lettre entre ses mains, on la laisse sur le buffet, on va préparer le petit déjeuner d'Églantine, pas un mot sur la lettre qui lui est pourtant destinée, on revient devant le buffet, on a presque oublié, pas tout à fait mais presque, on met la lettre dans la poche du tablier, toujours sans l'ouvrir, on va dans le jardin, là où poussent quelques salades, quelques herbes odorantes, on cueille du vert, beaucoup de vert pour le déjeuner, on retourne à la cuisine, le premier regard est pour le buffet, on n'a pas réussi à oublier, on cherche dans la poche du tablier, on ouvre, on prévoyait quelque chose comme ça, pas la peine d'apprendre à lire, le chagrin se juge au poids, quelques grammes de papier et une pincée d'encre, une poignée de phrases écrites par Anne, expliquant qu'ils vont prendre un bateau pour l'Argentine, une affaire en or proposée à Jacques, d'autres nouvelles dans six mois, Adrien a fait un dessin, Anne est contente, elle a criblé la lettre de points d'exclamations, si cela marche bien, on vous fera venir, grosses bises à vous deux et à Nello.

Nello, justement. Nello disparaît une heure après l'arrivée de la lettre. Depuis la maladie d'Églantine on ne l'a pas vu s'éloigner de la maison, souvent couché auprès de la vieille dame, tirant Isabelle par le bas de sa jupe pour l'emmener vers la malade, lui donner ce dont elle a besoin — un verre d'eau, un livre, une paire de lunettes. Nello, étouffant sous la chaleur d'été, tirant la langue, les yeux larmoyants, vitreux, Nello brave infirmier. C'est Églantine qui la première s'aperçoit de sa disparition. Elle va dans les chambres, regarde dans le placard où le chien parfois se retire pour méditer, un monastère de seaux et de balais, parcourt le jardin en tous sens, va jusqu'au grillage, appelle vers le village, revient dans la maison.

C'est au retour que l'accident se produit. Isabelle est dans sa chambre. Églantine prépare une tasse de café en poudre. Elle remplit une casserole d'eau, allume le gaz. La manche de sa robe passe au-dessus du brûleur, en une seconde la vieille dame est dans une chemise de feu, elle crie, elle tourne sur elle-même et tombe avec un bruit sec sur le sol. Isabelle la découvre évanouie, les mains noires, le visage ensanglanté par la chute sur le carrelage. Elle appelle l'hôpital, demande une ambulance, repose l'appareil, fait le numéro du médecin, il est plus près de la maison, il saura quoi faire en attendant. Il est dix heures du matin, il n'a pas encore commencé à boire, il répond tout de suite, sa voiture est en panne mais un ami photographe, en vacances chez lui, l'emmène sur sa moto. Isabelle les guette au sommet de la colline, impatiente elle descend jusqu'au village, les voilà, un nuage de poussière sur la place, une moto jaune avec un énorme réservoir. Le conducteur est un géant, des cheveux longs, une barbe, le médecin est derrière, on ne voit que ses deux mains crispées sur le blouson du photographe. Isabelle leur montre le chemin, elle les suit en courant. L'ambulance arrive au bout d'un quart d'heure, le médecin monte avec Églantine qui a repris conscience et supplie Isabelle de tout faire pour retrouver Nello. Le photographe emmène Isabelle sur la moto. Lumière, sable et vent, plusieurs fois la moto a failli déraper, se renverser dans un virage, l'air sent l'essence, le blouson sent le tabac anglais, c'est drôle à dire, ou peut-être n'est-ce pas drôle, mais Isabelle est ravie et sa première pensée dans le hall de l'hôpital n'est pas pour Églantine, mais pour elle-même, pour elle-même dans les yeux du photographe qui vient d'enlever ses grosses lunettes de motard : ces yeux-là me vont bien, j'y suis au meilleur de ma forme, j'y suis très très belle.

On attend. Des femmes en blouse blanche vont et viennent dans le couloir. Des infirmiers échangent des plaisanteries avec elles. L'hôpital est une grande famille, on dérange. Jonathan s'absente, il va chercher des cigarettes. Passe une infirmière à qui Isabelle demande si l'on saura bientôt à quoi s'en tenir. L'infirmière répond je viens de croiser votre mari, il m'a posé la même question, on ne peut rien dire pour l'instant, on lui fait passer des radios, ce n'est pas le feu le plus dangereux, mais la chute. Le photographe revient, propose une cigarette à Isabelle qui n'a jamais fumé, elle veut bien, deux bouffées et elle tousse, elle continue, le tabac prend la pensée, le tabac enveloppe la pensée, le tabac grille lentement la pensée.

Une heure, deux heures. Enfin un infirmier s'approche d'eux, on va savoir, on sait : elle n'est brûlée que superficiellement, mais quelque chose s'est rompu dans la chute, elle n'a plus l'usage de ses jambes, on la garde en observation une semaine puis il faudra penser à une maison spécialisée. Il ajoute, il se sent obligé de l'ajouter devant le visage blanc d'Isabelle : à quatre-vingt-cinq ans, il n'y a plus grand chose à espérer, c'est normal. Le photographe se lève, pose calmement sa cigarette sur le bord du cendrier, marche vers l'infirmier, le tient gentiment par les épaules et lui dit : pour vous non plus mon vieux, pour des gens qui disent des conneries comme ça, il n'y a rien à espérer, vraiment rien.

Jonathan raccompagne Isabelle à la maison. Ils se quittent. Ils n'ont pas échangé dix mots.

Bien. Il te faut à présent beaucoup de calme, ma fille. Beaucoup de calme et de patience. Celui-là vient t'apprendre des choses — sur toi. Il n'y a rien d'autre à apprendre que soi dans la vie. Il faut bien en passer par quelqu'un, par quelque chose pour apprendre qui on est. Il faut bien en passer par un livre, par un cerisier ou par un photographe de quarante ans, quarante ans et des poussières.

Mains croisées dans le dos, tête penchée sur la terre. Tu ris. Sais-tu seulement de quoi tu ris. Tu ris toute seule, comme celle qui danse au soleil. Comme celle qui va à sa perte.

Attends. Assise, immobile, les yeux fermés. Attends. Réfléchis un peu. Toute cette lumière devant toi. Qu'est-ce que tu vas en faire. Prends exemple sur l'autre, toujours dans le même coin du jardin. Il ne s'affole pas, lui. Il ne s'impatiente pas. Il laisse venir, il laisse fleurir. Il rêve et dans son rêve il y a des sucs, des rougeurs d'abeille, des noirceurs de confiture. Quand il s'éveille il donne ses fruits et reste là, dépouillé, insomniaque sous le soleil, jusqu'à l'année prochaine. Jusqu'au prochain amour.

Ce type sur sa moto, cette barbe affreuse, mitée, cette voix de marbre, ce bon sourire, ce corps qui n'en finit pas de se déplier jusqu'au ciel, ce grand corps maladroit d'un adolescent de quarante ans, tout ça, c'est ta terre, Isabelle, c'est la terre où pousser tes racines de cerisier.

Tu dis n'importe quoi, c'est tellement agréable, d'ailleurs n'importe quoi, ce n'est jamais n'importe quoi : tu es là, tu passes d'une chambre à l'autre, tu parles toute seule, et voilà ce que tu entends lorsque tu parles toute seule, de la chambre rouge à la chambre jaune, dans le passage : hier j'étais heureuse. Aujourd'hui je suis amoureuse, et ce n'est pas pareil. Et c'est même tout le contraire.

La question de l'amour est une grande question. Ne te hâte pas d'y répondre. Ne bouge pas trop surtout. Comme c'est maintenant, c'est bien. Il vient le matin, il t'emmène à l'hôpital sur la moto, il te remmène, pas un mot. Il revient le soir mais le médecin est toujours avec lui. Tant mieux. Le médecin parle pour vous deux. Il boit aussi pour vous deux. Trois gentils collégiens. On regarde la lune descendre dans une bouteille de rhum. Vers une heure du matin on s'embrasse, un baiser sur les deux joues. Les garçons rentrent chez leurs parents. La fille retourne à son dortoir. On a été sages. On a parlé des problèmes généraux de la vie — ce genre de paroles pour aller avec les étoiles, le rhum et les grillons. On n'a pas parlé de l'amour. La question de l'amour est sans réponse. Ce n'est pas qu'elle soit compliquée. C'est que ce n'est pas une question — juste une évidence, un grand sentiment de calme, un trait de peinture bleu sur les paupières, un frisson de sourire sur les lèvres. On ne répond pas à une évidence. On la regarde, on la contemple. On la partage silencieusement, de préférence silencieusement.

Les progrès d'Isabelle dans l'amour sont lents. Lents mais certains. Elle entre dans l'amour comme dans une eau verte, d'abord peu sûre, peu engageante. On en ignore la profondeur et la fraîcheur. On y entre quand même, le cœur brûlant. On y met un pied, puis l'autre, on marche lentement sur le fond des eaux, sur la pente douce, puis la pente cède, on n'a plus le choix, les deux bras en avant, le visage ouvert par la fraîcheur à venir, le visage ruisselant de peur et de joie, et voilà, c'est aussi bête que ça : on nage. Quel bonheur. Mon dieu quel bonheur. On est dans l'eau verte comme dans un morceau de ciel. On est dans l'amour naissant comme dans les bras de Dieu. Jouissance de perdre pied. Jouissance de perdre la tête. Jouissance du poisson Isabelle dans les eaux douces de Bruges. Jouissance d'attendre et de désespérer d'attendre. Jouissance de la fin de l'attente, jouissance sur jouissance.

Un jour, un matin limpide dans les débuts du monde, ce n'est pas le visage espéré qui vient, ce n'est pas celui de Jonathan — une broussaille de sourire, de barbe et de rides — mais celui, moins drôle, d'autant moins drôle qu'il est à jeun, du médecin. Jonathan répare sa moto. Il m'a demandé de vous conduire auprès d'Églantine ce matin. Ah. Que faire devant l'inévitable. C'est simple : rien. Isabelle monte aux côtés du médecin. Elle a échangé une moto contre une voiture. Le voyage y gagne en confort. Au début Isabelle ne desserre pas les dents. Le médecin s'assombrit au fil des kilomètres. Il se demande ce qu'il a fait de mal. Hier soir il la faisait rire avec une histoire un peu facile. Et ce matin, le désert. Il a du chagrin, le médecin. Il ne demande pourtant pas grand chose, juste qu'on l'écoute et que, de loin en loin, on le trouve drôle, voire profond, et qu'à l'occasion on lui propose un verre de rhum, ou du cognac — sans glaçon. On est à la moitié du parcours, Isabelle, après avoir maudit le photographe — il aurait pu venir quand même, l'animal, je suis quand même plus intéressante qu'une grosse moto jaune —, après s'être maudite d'avoir maudit le photographe, après avoir injurié l'amour et imploré le pardon du même amour, Isabelle donc sort de sa colère et s'aperçoit de la présence à ses côtés d'un petit garçon maigre imbibé d'alcool. Elle engage la conversation, ce qui a pour effet immédiat de ralentir la vitesse de la voiture. Le médecin retrouve sa bonne humeur, son bavardage. Isabelle l'écoute, rit aux endroits convenus, préparés pour le rire. Elle va même un peu plus loin, Isabelle, elle prend la conversation en main, raconte à son tour — n'importe quoi. Le médecin, aux anges, freine un peu plus, on ne va plus qu'à cinquante à l'heure. Dans le visage du conducteur, Isabelle voit sa propre solitude, la solitude infligée par tout amour en son aurore, et elle prend pitié d'elle-même sur ce visage d'un autre : elle parle, conforte, rassure, amuse. Quand on arrive à l'hôpital, le médecin est radieux, Isabelle se dit je suis une sainte, c'est beau d'amener quelque chose à celui-là alors que je ne suis préoccupée que de l'absent, oui vraiment, ça doit être ça, la sainteté. La grisaille de l'hôpital, le ciel feutré des couloirs mettent heureusement fin à tant de bêtise, suscitent d'autres pensées plus froides, plus sages.

Quand on pousse la porte de la chambre on voit, sur la gauche, le visage d'Églantine enfoncé dans l'oreiller blanc, paupières closes, l'ivoire de la peau caressée par la main aérienne du sommeil. Ses sourcils sont froncés, comme devant une énigme. Sur l'autre lit, derrière la porte, une petite fille avec une bande dessinée entre les mains. Elle se tourne vers Isabelle. Ah vous voilà madame. Églantine m'a parlé de vous cette nuit, elle n'arrivait pas à dormir. Moi c'est pour l'appendicite, on m'opère cet après-midi, je n'ai pas peur, j'ai rangé ma chambre, tout est en ordre et d'ailleurs Romuald m'a promis qu'il prierait pour moi, Romuald c'est mon chat. Où il est Nello, madame. Églantine m'en a parlé, elle pleurait, je croyais que c'était son mari, elle m'a dit non, c'est un gros chien, elle pense qu'il est parti parce que la mort est venue dans le jardin, elle dit qu'il s'est enfui pour attirer la mort très loin de la maison, elle voudrait qu'on le retrouve et qu'on lui parle comme au cerisier, elle a dit ça peut guérir les gens de leur parler, ça peut bien guérir un chien aussi.

L'enfant invite Isabelle à s'asseoir sur son lit. Elle vient de s'endormir, Églantine, elle ne va pas se réveiller tout de suite mais vous pouvez rester un peu, madame, vous ne me dérangez pas, j'ai beaucoup à faire, voyez, sept bandes dessinées à lire, c'est l'infirmière qui me les prête, je veux les lui rendre avant l'opération, je sais bien que l'appendicite ce n'est pas grave, mais je sais bien aussi qu'on peut mourir quand on vous opère, alors je voudrais lire cette histoire, les sept épisodes, connaître la fin avant. Isabelle sourit, demande à la petite fille quand viendront ses parents. Oh ils ne viendront pas me voir, ils sont trop loin. Papa dirige une banque à Marseille, et maman est éducatrice dans une maison d'aveugles, à Rouen. Ils ont divorcé, Romuald et moi on va tantôt chez l'un, tantôt chez l'autre. À la banque je m'ennuie un peu, mais chez les aveugles j'ai beaucoup d'amies. On joue, on mange, on dort, on fait tout ensemble. On se dit beaucoup de secrets. Quand on veut dire un secret, quelque chose que personne n'entende, on tient le visage de l'autre dans ses mains et on parle avec les doigts. Là j'étais en vacances chez mon grand-père, le père de ma mère, il élève des chevaux, c'est comme les aveugles, les chevaux, pour leur parler je fais comme ça, voyez : et elle prend le visage d'Isabelle entre ses mains, commence à écrire une phrase avec un battement léger, discontinu, des doigts sur la tempe. Vous comprenez ce que je viens de vous dire. Isabelle dit oui, d'ailleurs je vais te répondre. Et elle écrit à son tour sur les tempes fiévreuses de la petite fille. Quand Isabelle a fini d'écrire, l'enfant sourit — sourit merveilleusement, un sourire qui ne retourne pas sur les lèvres, un sourire bien plus grand que le visage, bien plus large que la chambre, un sourire qui s'envole par la fenêtre, vers les grands arbres ruisselants de lumière.

Une heure plus tard, Églantine ne s'est pas réveillée, Isabelle s'apprête à partir. La petite fille a terminé le cinquième album. On se verra demain, dit Isabelle, pour cet après-midi tu n'as rien à craindre, moi aussi j'ai eu l'appendicite, quand on m'a opérée j'avais ton âge et tu vois, ça n'empêche pas les petites filles de grandir. L'enfant repose l'album sur la couverture, regarde gravement Isabelle et, d'une voix navrée : mais alors tu n'as rien compris, je te l'ai dit tout à l'heure, c'était ça mon secret : je ne veux pas grandir. Je ne grandirai pas, pas une seule année de plus, pas un seul centimètre de plus. Isabelle a déjà ouvert la porte. Elle regarde, immobile, stupide, l'enfant dressée sur son lit, elle écoute la petite voix aiguë — au bord du cri.

Le soir Isabelle raconte la scène au médecin et à Jonathan. Elle oublie la fin, la colère de la petite fille, car elle ne se trouve pas à son avantage dans cette fin. Elle ne dit pas non plus le plus étonnant, ce que lui a appris une fille de salle — le prénom de l'enfant : Isabelle.

Ce qui retient l'attention du médecin c'est le langage des aveugles, l'échange des secrets. Il a un peu trop bu ce soir, il se lance dans des paroles définitives, un mélange de proverbe et de morale — du genre qu'est-ce que voir, ce n'est pas avec les yeux qu'on voit, c'est avec l'âme, et puis ceux qui ont moins que nous ont sur nous un avantage certain, il y a une supériorité des pauvres sur les riches, une supériorité spirituelle, j'entends — il parle trop, il devient bête comme toujours quand on recherche l'intelligence. Jonathan le silencieux sort pour une fois de sa réserve, prononce trois phrases : il faut retrouver ce chien, Isabelle. Ma moto est réparée, nous irons demain sur les chemins alentour. Églantine ne se rétablira pas tant qu'elle n'aura pas eu des nouvelles de Nello, c'est peut-être étrange mais c'est comme ça, il ne faut jamais raisonner les gens là-dessus, eux seuls savent ce qui pourra les consoler parce qu'eux seuls savent ce qui les désole.

Isabelle approuve les paroles de Jonathan avec autant de force qu'elle approuve, depuis quelques jours, son mutisme.

Oui les progrès d'Isabelle en amour sont certains, même si le médecin n'en aperçoit rien et si Jonathan fait mine de n'en rien voir.

Il y en a un qui ne se trompe pas là-dessus. Il y en a un à qui on ne peut rien cacher : le cerisier à qui, depuis quelques temps, on ne lit plus d'histoires, depuis quelques temps c'est-à-dire, pour être précis, depuis l'irruption dans le jardin d'une moto jaune, bruyante comme l'enfer. Le cerisier découvre ainsi une intempérie autrement plus dure que la grêle ou la sécheresse : l'abandon de celle qui jusque-là venait chaque jour allonger son ombre sur votre ombre. C'est toujours comme ça les débuts de l'amour, c'est même à ça qu'on reconnaît l'amour nouveau-né : à l'injustice qui l'accompagne, l'oubli soudain du monde entier. Une injustice tranquille, une cruauté sereine qui va si bien avec l'amour, dès ses débuts.

Avez-vous déjà assisté à une agonie, Isabelle — pas nécessairement celle d'une personne, mais celle d'un chat, d'un oiseau, d'une simple mouche. Si soudaine que soit la mort, son entrée dans le vivant — dans les yeux du vivant, dans ses veines, dans ses nerfs — semble interminable. La vie, la nôtre ou celle d'une mouche, est si profonde que la mort met un temps infini à la remplir. Et le vivant, durant ce temps, est en proie à l'étonnement, comme celui qui, devant une question imprévue, va loin en lui, chercher les premiers éléments d'une réponse. La vie, Isabelle, prend son temps, elle prend tout son temps à considérer la certitude de sa propre fin. Nello peut être partout, à dix mètres de nous comme à plusieurs kilomètres, dans un sous-bois comme sur une route. Une chose est sûre : ce gros chien, s'il est encore de ce monde, est en proie à une lenteur inimaginable, celle qui naît de la contemplation de sa propre mort. Il nous faut adopter une semblable lenteur si nous voulons avoir une chance de le trouver. La précipitation ne nous servirait de rien. Mon idée d'hier soir était mauvaise : laissons là cette moto. Je vous propose de partir à pied. Évitons le village. Nello y est trop bien connu. Il n'a pas dû y séjourner. Quand la souffrance a mis sur nous sa griffe, nous ne souhaitons guère être aperçus de ceux qui nous connaissent — de ceux qui prétendent nous tenir dans l'enclos d'une pauvre connaissance de nos goûts, de nos manies, de nos allures.

Il n'a pas vraiment parlé comme ça, Jonathan. Mais c'est vraiment ce qu'il a dit, à sa façon, à sa silencieuse et souriante façon. Il y a dans la vie des gens qui parlent comme dans les livres, des gens qui croient nécessaire, pour être entendus, d'adopter un ton sérieux, de prendre la voix de Dieu le père. Ces gens-là sont à fuir. On ne peut décemment les écouter plus d'une minute, et d'ailleurs ils ne parlent pas : ils affirment. Ils donnent des leçons de morale, des cours de pédagogie, d'ennuyeuses leçons de maintien. Même quand ils disent vrai ils tuent la vérité de ce qu'ils disent. Et puis, merveille des merveilles, on rencontre ici ou là des gens comme Jonathan, des gens qui *se taisent comme dans les livres*. Ceux-là on ne se lasserait pas de les fréquenter. On est avec eux comme on est avec soi : délié, calme, rendu au clair silence qui est la vérité de tout.

Plaine sur plaine, champ noir sur champ noir, routes droites, routes vides. Voilà le monde où marchent ces deux-là. Terre du Nord de la France, terre occupée par une poignée de familles qui ont mis leur nom partout sur leurs usines, et leurs usines partout sous le ciel bas. Terre citée dans les livres d'Histoire, dans le chapitre consacré aux souverains de l'industrie, aux rois fainéants de la finance, et ce chapitre encore aujourd'hui est ouvert, et cette histoire jamais n'en finira, la villa du maître au fond du parc, la maison de l'ogre au fond des bois, la saleté de l'économie mais passons, revenons à ces deux-là en quête d'un saint-bernard, sur une terre ruinée par la richesse.

Ils marchent côte à côte. Quand un relief du chemin les serre l'un contre l'autre, ils s'écartent aussitôt, gênés, installant entre eux une distance qu'ils s'occupent ensuite de réduire, sans modifier le rythme de leurs pas.

Entre l'horizon et eux il n'y a rien, ce qui fait qu'il y a tout et que la moindre image — la démarche boiteuse d'un corbeau sur un toit, la rousseur des lumières sur un champ de betteraves, le colloque pétrifié de trois vaches dans un pré — brille longtemps dans leurs yeux.

La promenade est un art, sans doute le plus ancien. On peut le comparer à celui du tissage, à cette façon d'entrelacer des fils, de composer un tissu aux mailles si serrées qu'on n'en voit plus le détail mais qu'on jouit de l'ensemble. La promenade est un art amoureux, un art du tissage. Le mouvement des corps et celui des pensées, le fou rire d'un ruisseau et l'effarouchement des bêtes sous les buissons, tout va ensemble, tout fait une seule étoffe, entrelaçant l'air et le songe, le visible et l'invisible.

Un accord si parfait, un mouvement si uni qu'ils négligent le temps qui passe, puisqu'il ne passe pas, qu'ils oublient leur fatigue, la chaleur, qu'ils oublient jusqu'à celui qu'ils cherchent et que la nuit vient les surprendre, deux enfants très loin de la maison, le frère et la sœur, décidant d'en rester là pour aujourd'hui, de prendre une chambre dans cette auberge au bord du lac, après un repas simple — omelette, fromage blanc, vin rosé — une chambre à deux lits, ou bien alors deux chambres, demandent-ils à l'aubergiste qui s'étonne, un couple aussi bien accordé, et que ces deux-là ne couchent pas ensemble, c'est à n'y rien comprendre, c'est à se demander vraiment dans quelle époque on vit, dans quel livre on se trouve.

Chambre sept, chambre dix. L'aubergiste a longtemps hésité avant d'attribuer les numéros, consultant un registre manifestement vide. Voilà. Ce sont les deux meilleures, elles donnent sur le lac.

On monte l'escalier, on arrive chacun devant sa porte, on se souhaite une bonne nuit et on disparaît, la jeune Isabelle derrière le sept, le vieux Jonathan derrière le dix.

Isabelle se glisse nue entre les draps rêches. Elle ferme les yeux, mais c'est trop tard : les images commencent à venir. L'orage les amène avec lui, un orage surgi comme un fauve, une tempête que rien ne laissait prévoir sinon la moiteur de l'air, une fureur d'éclair sur le lac, une lumière blanche sur une autoroute, une table au beau milieu de l'autoroute, un gobelet de plastique sur la table, une lettre entre le gobelet et la table, une lettre pleine de foudre et de pluie, je voudrais mourir tout de suite, je voudrais ne plus sentir ce que je sens, je voudrais mourir de l'appendicite avant l'image de l'autoroute, avant la lettre du diable.

Maintenant c'est la lumière qui manque. La lumière sage, domestiquée, celle du dehors : plus d'électricité. Isabelle se relève, s'habille à tâtons dans le noir, ouvre sa porte, recule effrayée devant le visage grimaçant, le masque rouge et jaune qui flotte dans le noir, puis elle rit en reconnaissant la voix de Jonathan, la bonne voix qui fait revenir le bon visage. Il tient une bougie dans la coquille de ses mains, il l'a trouvée dans la cuisine où la panne l'a surpris, en train de chercher un morceau de pain.

Venez deux minutes dans ma chambre, j'ai quelque chose à vous demander. Elle le suit, d'abord n'aperçoit rien puis, quand il s'approche du lit, voit les photographies, étalées sur la couverture. Des dizaines de photographies. Je les ai toujours sur moi. Je dois en choisir quinze, c'est un travail qu'on m'a demandé, un reportage à l'étranger. J'ai pensé que vous pourriez m'aider dans ce choix. Il se penche, fait lentement aller la bougie au-dessus des images. À les voir, on n'y trouve aucune indication d'un pays. Aucun paysage, aucune maison, aucune route. Que des personnes, prises de près, et aucun visage : des dos, que des dos, des épaules, des nuques photographiées en gros plan. Isabelle regarde, éclate de rire. C'est une blague, ou quoi.

Il ne se fâche pas devant la réaction d'Isabelle. Il est inimaginable de penser que Jonathan pourrait, même de loin, même si peu que ce soit, se fâcher, se montrer irrité. Non, il rit à son tour, de bon cœur. Il explique : je suis allé dans ce pays plusieurs fois, Je suis allé un peu partout dans le monde toutes ces années. Mais là il s'est passé quelque chose, quelque chose que je ne comprends toujours pas. Une lassitude, Isabelle. Une lassitude énorme, une fatigue du monde et de moi et de tout. Je n'avais jamais connu une telle chose. C'est arrivé dès l'aéroport : l'envie puissante d'en rester là, de m'asseoir sur un banc et de laisser atterrir et décoller tous les avions du monde, jusqu'à la fin du monde. Même pas la nostalgie d'une maison, même pas l'idée d'un autre lieu où l'on serait bien. J'ai tenu bon. J'ai pu aller jusqu'au taxi, je m'y suis assis, ou plutôt je me suis noyé dans la banquette déchirée, le danger s'est fait plus grand, je regardais le chauffeur, je ne comprenais pas ce que ce monsieur faisait là, j'ai eu envie de le lui dire, aucun mot, aucun son, rien, un sourire imbécile sur les lèvres, et lui qui me demande pour la troisième fois où je souhaite aller. Là, c'est de pire en pire.

Qu'est-ce que ça veut dire « je », qu'est-ce que c'est « souhaite », et ce verbe « aller », qu'est-ce qu'il me chante, celui-là. J'ai fait un geste, un geste vague de la main comme pour dire « tout droit », même si je ne savais plus ce que c'était : « tout droit ». Le chauffeur a haussé les épaules, allumé un cigare tordu, la voiture a commencé à rouler, lentement. Trois heures de route, quand il hésitait je lui faisais toujours le même geste : tout droit, tout droit. On a traversé des bidonvilles, des villes, des forêts, j'ignore ce qu'on a traversé, je n'étais attentif qu'au petit cigarillo tordu, à la cendre qui hésitait avant de tomber sur le plancher de la voiture. Je ne suis sorti de ma torpeur qu'au sixième cigarillo. On était en rase campagne. J'ai appuyé sur la tête du chauffeur, un peu trop fort, j'ai failli lui enfoncer sa casquette sur les yeux, il s'est retourné, effrayé, j'ai dit voilà, je suis arrivé, il a regardé partout : rien, pas une maison, pas une bête, pas un arbre. Il a rallumé un cigare, a empoché l'argent et est reparti à toute allure. J'ai fait quelques pas, grimpé sur un talus, je me suis penché, j'ai tâté le sol, une herbe fraîche, de la poussière, je me suis allongé, j'ai dormi aussitôt. Au réveil j'ai retrouvé mon nom, celui du pays et pourquoi j'étais là. Le désastre était apparemment limité. Je n'étais pas devenu fou puisque j'avais un nom. Restait la fatigue. Une fatigue épouvantable, du plomb dans les jambes, du plomb dans la tête.

J'ai fait du stop. Par chance je n'étais qu'à une vingtaine de kilomètres de la ville vers laquelle on m'avait envoyé en reportage. Et toujours cette pesanteur, et toujours ce harassement. Je me suis promené dans les rues. Je ne voyais rien. Rien, vous comprenez, Isabelle. J'étais venu au bout du monde pour voir que je n'avais rien à voir. J'ai pris une chambre dans un hôtel. J'y suis resté une semaine sans sortir, de plus en plus fatigué. Enfin j'ai trouvé une solution. Je suis allé dans la rue principale. C'était un samedi soir, il y avait beaucoup de gens. Ceux qui venaient à ma rencontre, je ne voyais rien d'eux. Je voyais leur visage, bien sûr, mais leur visage mentait. Qu'il soit réjoui, soucieux ou indifférent, il mentait. Comment vous dire. Ils n'étaient pas dans leur visage. Ils venaient de le quitter. Comme une porte battante que quelqu'un vient de pousser : ce quelqu'un est hors de vue, déjà loin, ne reste plus devant vous que la mémoire fraîche de son passage, cet infime déplacement d'air, la porte battante d'un visage, la porte battante sur le vide. Pour régler mon appareil, pour au moins faire quelque chose, j'ai pris une photo des gens qui me précédaient, une photo de leurs dos. J'ai remonté toute la rue en suivant ce principe : des dos, que des dos, aucun visage. Voilà ce que ça donne, Isabelle. Vous êtes la première à qui je montre ces photographies. Je les regarde tous les soirs. J'en suis content. Je n'ai jamais été aussi satisfait de mon travail. Les visages mentent, les dos ne mentent jamais. Regardez. On peut tout y voir, absolument tout. La vraie détresse, la vraie légèreté, la vraie colère, la vraie bonté. Les dos sont les vrais visages des gens, ce sont les visages qu'ils ne pensent pas à cacher, ce sont leurs visages quand ils nous quittent, quand ils s'éloignent de nous.

Il repousse quelques photographies, s'assied sur le lit, sort une cigarette, se relève, va vers la fenêtre, ouvre les volets, laisse entrer dans la petite chambre les rumeurs de l'orage, les senteurs de la terre, un parfum un peu aigre de vase et de roseaux coupés.

À vrai dire je ne suis pas sûr que ce travail soit apprécié à sa juste mesure par mon agence. Je suis même sûr du contraire.

Et ils éclatent de rire, d'un rire enfantin qui couvre le bruit du tonnerre.

La première chose qu'Isabelle voit au réveil, ce n'est pas dans la chambre qu'elle le voit, mais dans son cœur : une rage. Une colère froide contre Jonathan. Elle en ignore la raison, et elle se moque de la connaître. Je suis en colère, ça suffit comme explication. Qu'est-ce qu'on a fait, hier. Rien, on n'a pourtant rien fait. Après avoir rangé les photographies dans son portefeuille, il m'a raccompagnée à ma chambre en me souhaitant de bons rêves. Tout cela était de la plus grande gentillesse possible. Justement. Justement je commence à en avoir plus qu'assez de la gentillesse, assez des hommes fatigués qui partent sur l'autoroute, des mères héroïques qui souffrent en silence, des chiens qui par délicatesse se cachent pour mourir. Assez de courtoisie, assez de bonnes manières, assez de personnes si gentilles qu'elles disparaissent sur la pointe des pieds. Quant à celui-là, c'est un comble. Il disparaît dans le temps même où il vous parle. Quand vous cherchez derrière son sourire, il n'y a personne. Assez, assez. Elle s'habille en jurant, claque la porte, descend d'un pas lourd dans la salle à manger.

Jonathan est derrière le bar. Il a préparé une tasse de café noir, il a pensé à la confiture, aux petits pains, il a même cueilli sur la rive des fleurs jaunes et bleues, des fleurs encore tout éblouies par l'orage, des fleurs qui échangent des fous rires dans une carafe, près du café fumant. Parfait. Tout est épouvantablement parfait.

Il n'y a personne dans cette auberge, Isabelle. Nous sommes dans un conte. Depuis une heure que je suis réveillé, je n'ai vu ni entendu personne. J'ai consulté le registre : nous sommes les seuls clients depuis deux mois. Ne trouviez-vous pas un air étrange à l'aubergiste, hier soir. Je ne sais si nous le reverrons. Peut-être la foudre l'a-t-elle réduit en cendres : en cherchant bien on trouvera un petit tas de cendres dans l'escalier.

Elle ne rit pas de cette plaisanterie. Elle ne rit pas du tout. Elle s'assied sur un tabouret, regarde, au-dessus des bouteilles, les trois têtes de sangliers. Trois colères empaillées, six yeux noirs.

Elle boit son café sans dire un mot, délaisse la confiture et les petits pains, passe à son tour derrière le bar, oblige Jonathan à se reculer précipitamment contre les bouteilles, s'empare du téléphone, appelle l'hôpital. Une colère n'arrive jamais seule : l'infirmière a une voix grave, accusatrice. Ah vous voilà, nous avons appelé chez vous hier, plusieurs fois. Votre grand-mère va de plus en plus mal. Nous ne pouvons plus faire grand-chose pour elle, mais le médecin vous dira, je vous attends mademoiselle, venez le plus vite possible.

On repasse devant Jonathan en le poussant une nouvelle fois contre les bouteilles — et cette fois il ne peut éviter de renverser une fiole de vieux marc qui éclate sur le plancher —, on jette une poignée de billets sur une table et on sort d'un pas rapide, de plus en plus rapide. On arrive en courant sur la route, sans avoir jeté un coup d'œil sur le lac, sans avoir vu la petite barque qui emmenait l'aubergiste vers son hôtel, on se fige d'un seul coup, surprise par la voix de Jonathan, sa main sur votre épaule : que vous a dit l'infirmière, Isabelle. Et pourquoi aller dans ce sens, vous vous trompez de chemin, nous sommes venus de l'autre côté, hier. Elle ferme les yeux, cherche un peu de calme, n'en trouve pas, rouvre les yeux, considère le feuillage d'un acacia, du vert, du bleu, du ciel, des dizaines de petites mains vertes qui applaudissent la lumière, bon, pour le calme, ça suffira. Elle se tourne vers Jonathan, le regarde dans les yeux pour la première fois ce matin, elle explique. Il a une bonne réaction. Il se tait, marche à ses côtés. Il n'essaie pas de rassurer, ce qui est peut-être la seule façon de rassurer vraiment.

Ils vont sous un ciel changeant — un ciel comme une nappe blanche bientôt salie par les éclaboussures d'un nuage, les reliefs d'une ombre, un ciel comme une toile cirée, on vient d'y renverser une bouteille de vin mauve, un orage vineux qui éclate d'un seul coup. Ils courent s'abriter dans une grange. La pluie cogne sur les planches, la pluie cherche deux enfants pour les fouetter, deux enfants blottis l'un contre l'autre, la fille se met sur la pointe des pieds pour embrasser le garçon comme elle a vu au cinéma, comme on fait dans les livres. C'est bon, les lèvres d'un autre, cela donne à vos lèvres à vous un goût de violettes, cela vous donne un cœur tremblant et doux, un écureuil dans la cage d'os, un poisson d'or dans le sang rouge.

Le plus difficile est fait, maintenant il suffit à Isabelle d'entourer les épaules de Jonathan, d'appuyer doucement, doucement, jusqu'à basculer tous deux dans un lit d'ombre et de foin.

Quand il enlève son blouson les photographies glissent de la poche, et c'est sur des dizaines de dos et de nuques qu'ils font l'amour, lentement, précautionneusement, comme on peut faire une chose inhabituelle, comme on devrait faire toutes choses dans la vie simple.

Elle se relève, essuie avec sa robe son corps brillant de sueur et de brins d'herbe.

La pluie a cessé, ils reprennent leur chemin.

Elle n'est plus en colère.

Ils marchent d'un bon pas. Ils vont sans plus rien voir du paysage. Arrivés à la maison, ils montent sur la moto, lui le visage courbé sur le guidon, elle serrée contre lui, cherchant les parfums de la peau sous l'épaisseur du blouson. Ils roulent à droite, à gauche, selon les obstacles rencontrés. Ils vont le plus vite possible, mais, si vite qu'ils aillent, il y en a une qui les précède sur le chemin, il y en a une qui va d'un pas pressé, si pressé qu'ils ne peuvent la rejoindre quand bien même ils iraient à la vitesse de la lumière. Celle-là est plus rapide que la lumière, celle-là est comme l'ombre — depuis toujours arrivée. Elle entre une demi-heure avant eux dans l'hôpital. Elle ne demande pas son chemin, elle sait le numéro de la chambre, d'ailleurs elle est attendue, elle traverse les couloirs, frôle un brancardier, on ne la remarque pas et pourtant chacun s'écarte imperceptiblement à son passage, les rires se font moins forts, les paroles s'éteignent une seconde, juste une seconde, voilà, elle est arrivée. Elle entre sans frapper, jette un coup d'œil sur la petite fille en train de lire, sourit devant tellement d'enfance, se tourne vers l'autre lit, dévisage celle qui la reconnaît, et elle se met au travail, elle donne la dernière touche à son chef-d'œuvre. Elle a modelé le visage d'Églantine depuis tant d'années, presque un siècle, ravinant la peau dessous les yeux, usant légèrement la commissure des lèvres, blanchissant un à un les cheveux, maintenant elle n'a plus grand chose à faire, un détail, une ultime retouche, enlever son manteau noir, le faire passer devant les yeux d'Églantine, jeter une encre noire dans l'infini du regard, une goutte d'ombre dans la prunelle des yeux et attendre : le regard s'obscurcit, la ténèbre serpente dans les veines, cisaille le souffle, arrive au cœur qu'elle mord d'un seul coup, voilà, du bon travail, pas un cri, pas un mot.

Elle se penche sur la vieille dame, donne un baiser glacé sur les tempes tièdes, se redresse avec une souplesse de jeune fille, sort en courant, on l'attend à l'autre bout du pays. Personne ne l'a vue. Personne n'a remarqué la visiteuse sauf une enfant qui bondit de son lit, s'approche d'Églantine et demande, partagée entre l'effroi et la curiosité : où tu es, où tu es, où tu vas, qu'est-ce que tu fais, réponds-moi, où tu es — à celle qui, pour la seule fois de sa vie, est toute entière là, délivrée du désir, de l'attente, du songe, délivrée d'elle-même, reposant dans le berceau de draps blancs, inerte, souriante.

« Cher Jonathan,

ces trois semaines passées ensemble ont été lumineuses. Je ne sais trop à quoi attribuer tant de douceur : à cette fin de l'été, à cette grande courtoisie en vous, ou bien peut-être à la présence d'Églantine, à quelques dizaines de mètres de notre chambre.

Je vous remercie pour votre aide en ces heures où la mort de ceux qu'on aime est assourdie par un vacarme de papiers, de démarches idiotes. Je ne savais pas qu'il était aussi difficile d'emmener près de soi, là, juste sous un jeune cerisier, le corps tellement aimé. Sans votre éclat dans le bureau du maire, je ne serais sans doute pas parvenue à mes fins.

C'est curieux comme on est, avec les morts : d'abord on jette dessus plein de bruits, de prières et de cris, ensuite on les recouvre sous des pelletées de silence. Dans les deux cas on ne veut rien en voir, on les déporte au bout du monde, et notre cœur avec. Maintenant mon cœur est dans le jardin, il veille sur moi, c'est mieux ainsi. L'été prochain, lorsque vous reviendrez, les saisons auront aplani le petit tertre de terre, et j'aurai murmuré bien des choses au cerisier, à l'absente et aux oiseaux du ciel.

La lettre de Jacques est venue mettre fin à mes hésitations : je peux désormais rester ici, puisqu'il m'invite à prendre possession de la maison et qu'il m'assure d'une sorte de rente jusqu'à ce que je décide de les rejoindre, en Argentine. Je doute de jamais faire ce voyage. Je hais les voyages, Jonathan. Voyez comme nous sommes mal accordés. Mais je ris.

Savez-vous que votre fatigue est contagieuse : elle a failli m'atteindre dans les jours qui ont suivi votre départ. J'allais m'asseoir sous le cerisier et un méchant sommeil m'enveloppait aussitôt. Votre ami le médecin est venu me voir. Il m'a surprise ainsi, éveillée mais engourdie. L'air bête, quoi. Il m'a demandé ce que j'attendais là. Les choses les plus importantes nous viennent par des voies étranges, parfois comiques : sa question m'a enchantée. Sa question m'a donné à voir toutes les années à venir. Je tenais à demeurer dans cette maison, dans ce jardin. Pourquoi, je l'ignorais. À présent je sais : ici est mon travail. Mon travail c'est attendre — et ne me demandez surtout pas quoi, ou qui : si j'en avais la moindre idée, ce ne serait plus la peine de l'attendre.

Vous serez toujours le bienvenu ici. Je sais que votre travail vous mène aux quatre coins du monde, je sais aussi que vous ne pouvez rester en place bien longtemps. Pardonnez-moi tant de franchise : cela me convient. Je n'imagine pas vivre en couple. Je n'imagine rien, d'ailleurs.

Donc à la belle saison

Isabelle »

Elle pose la lettre sur le rebord de la fenêtre. Elle ira ce soir à la poste, rien ne presse. Maintenant c'est l'heure de la lecture. Elle s'allonge sous le cerisier, à deux pas du monticule de terre fraîche. Il faudra que j'y sème quelque chose. Un rosier peut-être. Un chèvrefeuille. Elle ouvre le livre, commence à lire, non elle ne commence pas à lire, elle ne voit plus les mots, elle les entend, elle entend la voix privée de souffle, la voix sans air, la voix de Bruges.

Ceux que tu attends, tu le sais bien, ils sont au fond de toi, perdus. Perdus dans la forêt du sang. Allume un feu pour qu'ils y voient, pour qu'ils retrouvent leur route, la route qui mène des enfers au plein jour — au jour d'aujourd'hui, Isabelle.

Éclaire ton sang.

Écris.

DU MÊME AUTEUR

COLLECTION FOLIO

Dernières parutions

Impression Bussière à Saint-Amand (Cher),
le 20 mars 1996.
Dépôt légal : mars 1996.
Numéro d'imprimeur : 541.
ISBN 2-07-039439-5./Imprimé en France.

74169